ラルーナ文庫

特殊能力ラヴァーズ

～ガイドはセンチネルの番～

柚月 美慧

三交社

CONTENTS

Illustration

ミドリノエバ

特殊能力カラヴァーズ

～ガイドはセンチネルの番～

本作品はフィクションです。
実際の人物・団体・事件などにはいっさい関係ありません。

鈍い音をさせて顔面を殴られた男が、アスファルトにドッと倒れ込んだ。

「か、上條《かみじょう》さんっ！」

ハラハラと脇《わき》で見ていた侑李《ゆうり》だったが、この状況に我慢できず男へと駆け寄った。そうして上半身を起こして口角を拭《ぬぐ》った男……上條敦毅《あつき》に、暴言とも発破ともとれる言葉をかける。

「何やってんですか！　あんなへなちょこ相手に先制パンチ喰《く》らうとか、あんたらしくないですよ！　最低な性格してても、あんたは『センチネル』でしょ？　だったらガツンと一発で仕留めてくださいよ！」

「軽々しく言ってくれるけど、俺、ここに来るまで百キロ以上走って、五十人ぐらいボコボコにしてんだぜ？」

シニカルに笑った上條の目元には、明らかに疲労の色が浮かんでいた。

その表情に胸が痛む。

確かに潜入先の群小を倒し、安全が確保された状況下で自分たちを加害者のアジトへ呼んでくれたのは彼だ。

しかも今格闘している相手を早朝から追跡し、市内から県境まで追い詰めてくれたのも上條だった。

それを考えたら、今日の活動量はとっくに限界を超えているだろう。

「あっ！　逃げるぞ！」

ともに上條を見守っていた仲間の叫びに、ハッと二人で顔を上げた。すると殴った相手が、高架橋の下からヘッドライトが眩《まぶ》しい夜の通りへと走り出していた。

「待て！」

立ち上がった上條の足は、よろけこそしなかったが、力が入っていないことは明確だった。

なぜなら、センチネルと呼ばれる特殊能力を持つ彼は、常人である『ミュート』では想像もできない速さで、想像を絶する距離を走り、戦い、ここまでやってきたのだから。

（やっぱり……アレをするしかないのかな？）

侑李はぐっと唇を噛《か》んだ。

自分の処女を奪い、毎夜のように自分勝手に抱いてくる憎い男だけれど……いつも本能のままに動いて、自分を振り回す勝手で最低なバディだけど……今の彼を回復させることができるのは自分しかいない。

上條の『ガイド』である自分しか。

「上條さん！」

躓《つまず》くように駆け出した上條を、侑李は両手を握り締めて呼び止めた。

「なんだ？」

足を止めた彼に、どんっとぶつかる勢いで抱きつく。

そして羞恥《しゅうち》からぶっきらぼうに上條の顔を両手で固定すると、肉厚な唇に無理やり自分の唇を押しつけた。

途端、上條に強く抱き締められて、身長差からつま先立ちになる。

ためらうことなく熱い舌を挿入され、すべてを求めるように激しく動き回ったそれは、唾液《だえき》を大量に絡め取ると、蹂躙《じゅうりん》という言葉が相応《ふさわ》しい荒々しさで侑李の舌と唇を貪《むさぼ》った。

「んんーっ！」

長さと激しさ、そして周囲にいる仲間に見られているという恥ずかしさから、上條の胸を何度も叩《たた》く。すると唇がやっと離れた。

「充電完了」

ぺろりと自らの唇を舐《な》めた上條は、侑李の頭をポンポンと撫《な》でると、さっきとは比べものにならないほどしっかりした足取りで、加害者を追いかけていった。

「ぜっ……絶対に加害者を捕まえてくださいね！」
頬《ほお》の熱がまだ引かない侑李の叫びに、上條は片腕を上げて応《こた》えた。

のちに加害者を捕まえて突き出した上條は、苦々しい表情で「確保に一分半もかかっちまった……」と吐き捨てたのだった。

1

それは、八重桜が咲こうかという季節だった。

「僕が、SGIPA《エスジーパ》に転属ですか？」

大学卒業後、夢の国家公務員となり、地元区役所の広報営業課に配属された枝島《えだじま》侑李は、上司の言葉に耳を疑った。

「そうだ。君が僕たちの部署に来てくれて、とても嬉《うれ》しかったんだけどね。お上からのお達しだからしかたない。今すぐ『タワー』に行きなさい」

「タワーって、あのタワーですか？」

「そうだよ」

温厚な性格を表す柔和な表情だったが、事務机に座っている上司の言葉には抗《あらが》えない強制力があった。

侑李はなぜ自分が呼び出されたのか想像もつかないまま、自席の荷物を紙袋にまとめると、周囲への挨拶《あいさつ》もそこそこに、都会のど真ん中に君臨するタワーへと向かった。

タワーとは新宿区の一等地に建てられた、地上四二〇メートルも高さがあるビルの通称で、正式名称は『独立行政法人特殊能力者育成センター』。

主にセンチネルやガイドに、自分が持つ能力を理解させ、訓練を受けさせ、ミュートといわれる一般人に混ざり、生きていく術《すべ》を身につけさせる施設だ。

しかし、頭一つ抜きんでた施設の外観から、周囲からは畏怖《いふ》も込めてタワーと呼ばれている。

なぜなら施設に入ったセンチネルもガイドも、出所する頃には人が変わったように調教されて世に放たれる……という噂《うわさ》が、まことしやかに囁《ささや》かれているせいだ。

（っていうか、なんでミュートの僕がタワーから呼び出しを喰らうんだよ。それにＳＧＩＰＡに転属だなんて。あそこはセンチネルやガイドばかりの部署で、ミュートの職員なんてほとんどいないだろう？）

気にかかることはたくさんあったが、センチネル・ミュート・ガイドの三つのバース性を管理しているのは、厚生労働省だ。省庁からのお達しであれば、いち公務員である侑李はおとなしく従わざるを得ない。

電車に揺られ、タワーへと向かった。

タワーへ行くのは人生初なので、嫌な興奮が混じった緊張が抑えられなかった。

この世には、性別以外に人間を分けるバース性というものがある。

全人口の十パーセントしかいないセンチネルは、頭脳や身体能力、五感に優れ、中には第六感まで発達し、超能力のような未知なる力を発揮する者までいた。

義務教育開始時のバース性判別検査でセンチネルだと診断されると、彼らはタワーに収容され、特別な教育を受ける。

そこで自分たちの力の制御方法や活用法。そして常人では考えられない高度な教育を受け、義務教育終了とともに世に出されるのだ。

優れた者が世界を統べるのは当然の理《ことわり》で、政界や経済界、スポーツ界を牛耳るのもセンチネルがほとんどだった。

だが、この能力は諸刃《もろは》の刃《やいば》で、使えば使った分、体力や精神の消耗が激しい。そのため力を制御することが命をどれだけ永らえるか？　という問題に繫《つな》がっている。

そして、センチネルより人口が少ないのがガイドといわれる人間だ。

全人口の五パーセントしかいない彼らには、センチネルのように特殊能力もなければ、頭脳や五感が発達しているわけでもない。人間としての能力は常人となんら変わらないのだ。

しかし、ガイドにはガイドにしかない能力があった。

それは『癒《いや》し』と『回復』。

しかも、センチネル限定の。

この力はまだ研究が続けられている分野で、詳しいことはわかっていない。

けれどもガイドは究極の能力を有するセンチネルに、自分の体液を分け与えることで、彼らを驚異的に回復させることができるのだ。

よってガイドもセンチネル同様に自分たちの力を理解し、有効に活かせるようにタワーで教育を受ける。

そして一番人口が多いのが、ミュートといわれる常人だ。

ミュートはセンチネルやガイドの研究を進めることで、少しでもその力を自分たちのために使おうと日々研究しているが、彼らの力を解明することができたとしても、突然変異のように生まれるセンチネルやガイドの生命の起源を辿《たど》れず、最近では行き詰まり感さえ出てきている。

センチネルもガイドも、数百年前に突如としてこの世に現れ、この世界の政治も文化も金融も、そして歴史すらも支配するようになったのだ。

全面ガラス窓のタワーは、今日も異様なほど輝いている。

電車を降り、スマホで地図を確認しながら、タワーへと向かう。

すると正面の門は物々しい警備がされ、その光景だけでさらに怯《ひる》んでしまった。

しかし自分は、ここに来るよう指示されたのだ。

何も臆《おく》することはない。

己に言い聞かせて、侑李は歩を進めた。

すると音もなく警備員が近づいてきて、身分証明書の提示を求められる。

「これでいいですか？」

おとなしく免許証を差し出すと、警備室のＰＣで情報を照らし合わせ、すんなりと入場許可が下りた。

あとはもう、おのぼりさん状態だった。

エントランスから、高さ四二〇メートルの天辺まで吹き抜けになった内部は、複雑な螺《ら》旋《せん》を描くデザインで、感嘆のため息すら出た。

まるでＤＮＡの塩基配列を思わせる造りだ。

「綺麗《きれい》だな……」

ぽかんと口を開けて上層階を見上げていると、突然背後から声をかけられた。

「枝島さんですね」

驚いて振り返ると、そこには濃紺のスーツを着た品の良い青年が立っていた。

「私、蒼井誉《あおいほまれ》と申します。本日から枝島さんの担当兼カウンセラーを務めさせていただきます。よろしくお願いいいたします」

「あ……はい！　よろしくお願いします」

自分がなぜタワーに呼び出され、内閣府管轄の国家機関『センチネル・ガイド調査保護庁（Sentinel and Guide Investigation and Protection Agency）』（通称ＳＧＩＰＡ）に転属になったのか？　きっとこの端整な面立ちをした、線の細い青年が教えてくれるのだろう。

「それでは、本日お越しいただいたご説明をしたいと思いますので、こちらへどうぞ」

爽《さわ》やかな笑顔で促され、侑李は蒼井とともにガラス張りの高速エレベーターに乗り込んだ。

先ほど自分が歩いてきた道や街が、どんどん小さくなる。きっと高所恐怖症の人だったら、目を瞑《つむ》りたくなるだろう。

「ところで、僕はなぜタワーに呼び出されたんでしょうか？」

最上階で降り、侑李は隣を歩く蒼井に本題をぶつけた。

「焦らないでください。この方々にお会いになってから、ちゃんとお話しいたしますから」

再び爽やかな笑顔で答えた蒼井は、フロアーの一番奥にある真っ白な両開きの扉の前で止まった。

そして数回ノックすると、中から「入りなさい」と渋みのある声が響いてきた。

「失礼いたします」

扉を開けた蒼井の背後で、侑李の心臓は再び緊張に逸《はや》り出した。

中はとても広く、黒色を基調とした社長室のような場所だった。

そこにガラス窓を背にして、闊達《かったつ》な空気を纏《まと》った老人が、威厳を放ちながらマホガニー製の机に座っている。

その顔に見覚えがあった。

彼は元参議院議員であり厚生労働大臣まで務めた、福本是治《ふくもとこれはる》氏だ。タワーの総責任者として所長に就任したと、昨年ネットニュースで読んだ気がする。

その手前に、すっとした立ち姿が美しい、スーツ姿の男が立っていた。

侑李は振り返った男の端整な面立ちに、一瞬にして目を奪われる。

何よりも惹《ひ》きつけられたのは、野生の獣を思わせる黒く鋭い瞳《ひとみ》だ。しかしその色はどこか温かく、目元も優しく眇《すが》められていて、涙が出そうなほど温かい思慕を覚えた。

だがそれはほんの一瞬で、はっきりした男性的な顔立ちをした男は、ふいっと興味なさげに侑李から視線を外してしまう。

（あ……）

視線を外されたことに、意味もなく傷ついた侑李は、失恋したような喪失感を覚えた。初めて出会った……しかも同性に興味を失われたからといって、こんなふうに傷つかなくてもいいのに。

それなのに背が高く、抜群のスタイルでスーツを着こなし、くせ毛すら意図的に整えられたヘアスタイルに見える彼は、男も惚《ほ》れるような整った顔をしていた。完璧《かんぺき》なイケメンだ。

侑李も茶色い瞳が大きく、鼻筋も整っているので、周囲からアイドル扱いされていることを渋々自負している。肌も白く童顔なので、余計に可愛《かわい》く見えるのだろう。

だが、彼は侑李と真逆にいるような美しさを持っていた。

きりりとした太い眉《まゆ》に、はっきりとした二重の目。彫りは深く、肉感的な唇からは大人の男の色気を感じた。

年の頃は二十代後半から三十代前半といったところか。侑李よりも年上であることは、彼が醸し出す落ち着きからも明白だった。

「さ、枝島さんもこちらへどうぞ」

「は……はい」

蒼井に声をかけられ、ゆっくりと端整な男の隣に並んだ。

すると、

「うわっ！」

「――っ！」

チリリッとした小さな閃光《せんこう》が男と自分の間で弾《はじ》け、驚いて侑李は鞄《かばん》と紙袋を投げ出した。

途端、これまで感じたこともないひどい頭痛に襲われ、その場に跪《ひざまず》いた。

「いった……い……」

万力でぎりぎりと絞めつけられるような痛みに、全身から冷や汗が噴き出す。

(なん……だ、これ!? 痛い、痛い、痛い、痛い……！)

隣の男もなぜか頭痛を覚えているらしく、顔を顰《しか》めてこちらを見下ろしている。

「あぁぁっ！」

痛みはどんどん強くなり、あまりの激痛に意識が飛びそうになった時だ。

「――!?」

急に男が膝《ひざ》を折って、侑李を力いっぱい抱き締めてくれた。

すると先ほどまでの頭痛は一瞬にして消え去り、代わりに彼の体臭なのか、すっきりとした温かな香りと、心地よい体温がじんわりと伝わってきた。

「大丈夫か？」

声をかけられ、何度も男に頷《うなず》いた。

蒼井が駆け寄ってきて、ふらつきの残る侑李の身体《からだ》を支えて立たせてくれる。

「やはりな」

正面の机に座っていた福本は、何かを確信したように大きく頷いた。

「おい、じじい！　番《つがい》同士が出会うと反応があるって言ってたけど、こんなにも強い頭痛がするなんて、聞いてねぇぞ！」

「そう怒るな、敦毅。センチネルとガイドの番は、互いを認識する時にさまざまな反応を起こすんだ。それがどんな反応なのか、儂《わし》らにもわからん」

「チッ」

忌々しげに舌打ちした敦毅と呼ばれた男は、また興味なさげにそっぽを向いてしまった。

「あ、あの……」

「なんですか？」

弱々しい侑李の声に、蒼井が微笑《ほほえ》んでくれた。

「今、センチネルとガイドの番……という言葉が聞こえたのですが」

「はい。説明が遅くなってしまいましたね。ここにいらっしゃる上條敦毅さんはセンチネルで、枝島さんの番です。枝島さんは、先日の国家公務員入庁検診でガイドであることが判明しました」

「……は？」

この話に、自分でも目が丸くなっているのがわかった。

「おめでとうございます。お二人は今の共鳴反応から、『運命の番』であることが証明されました」

「ちょ、ちょっと待ってください！」

この話に、まったくついていけなかった。

「僕は、子どもの頃に受けたバース性判別検査でミュートでした。それなのに、突然ガイドだなんて。きっと何かの間違いです！」

「確かに珍しいケースなのですが、枝島さんは後天性のガイドであることがわかっています。お身内にガイドはいらっしゃいませんか？」

「祖母……がガイドです」

「ということは、おじい様はセンチネルですか？」

「はい……でも、両親も僕の兄弟もみなミュートです」

「そうですか。ですが、ガイドは遺伝が多い傾向なので。おばあ様がガイドだったとすると、枝島さんがガイドに後天したことも納得できますね」

「僕が……後天性のガイド？」

先ほどとは違う頭痛を感じて、侑李は混乱する頭に手を添えた。

すると『枝島侑李』と名前が書かれたバース性判別検査の結果表を、ずいっと目の前に突き出される。

「よかったな、侑李。これでガイド特別手当がついて、給料が三倍に跳ね上がるぞ」

「は？」

自分の人生を左右する大事な時なのに、手当だの給料だのと世俗的な言葉が降ってきて、反射的に顔を上げた。

「上條敦毅だ。お前の番でセンチネル。これからよろしく」

結果表を突き出してきた男は感情の読めない瞳で、真っ直《す》ぐこちらを見つめてきた。

その視線に胸がときめく。

しかも上條には、なぜか懐かしさや根拠なき信頼まで感じて、さらに頭は混乱した。

「大丈夫ですか？　枝島さん」

心配げな蒼井に顔を覗《のぞ》き込まれ、首を横に振った。

「すみません、まだ頭がついていかなくて……僕は、本当にガイドなんですか？」

「そうだって言ってんだろ。さっさと認めろよ、めんどくせぇ男だな」

「なっ！」

盛大に上條にため息をつかれ、カッと頬が熱くなる。

（もしかしなくても、馬鹿にされたっ！　しかも、さっきから僕のこと呼び捨て？）

戸惑う己を嘲《あざけ》るように一蹴《いっしゅう》され、侑李の中の負けん気が顔を出した。

口が立つ兄弟に囲まれて育ったこともあってか、侑李は言うべきことはハッキリ言う性格だった。

「失礼ですが、僕が何で悩み、何で落ち込もうとあなたに関係ありません。それに初めて会った人を呼び捨てにするとか……少し礼儀に欠けてませんか？」

睨《にら》みながら言い放つと、上條は口角を意地悪く上げて笑った。完全に侑李を見下している。

（なんなんだ、この男！）

ガイドなんて、本当に最悪だ！　そう思いながら、きつく唇を噛みしめた。

世間での……いや世界中でのガイドに対する扱いのひどさは、絶望を覚えることしかできない。

最近ではセンチネルを支えて助ける者として、先進国では敬われるようになったガイドだが、発展途上国や因習の残る地域では、まだまだ立場は低く、蔑《さげす》まれ、偏見に晒《さら》されることが多々あった。

ガイドは、己の身体を使ってセンチネルを慰める。

このことからガイドは、昔から愛人や売春婦のようなものだと考えられてきたのだ。

今でこそ、数年前に改定された婚姻法により、同性同士でも夫婦になれる世の中になったが、それ以前は優秀なセンチネルと凡人並みのガイドは身分差が激しく、異性同士でも結ばれることがほとんどなかった。

「でも、本当によかったです。ＤＮＡマッチングセンターから、上條さんの番が見つかったと聞いた時はどんな方だろうと思いましたが、枝島さんのように素敵なガイドが運命の番でほっとしました」

険悪な空気を醸し出した上條と侑李の間に入るように、蒼井が笑顔を作った。

「まぁ、運命の番っていわれたら、そこら辺のガイドに回復してもらうのとは比べものにならないほど力が漲《みなぎ》るらしいからな。そんなん聞かされたら、とんでもない変人じゃない限り手放せねぇよ」

「――センチネルの、そういう『選択権は自分にある』みたいな考え方。大嫌いなんですけど」

「は？」

呟《つぶや》いて、侑李はきつく両の拳《こぶし》を握った。上條の眉間《みけん》に皺《しわ》が寄る。

「ガイドにだって、ミュートにだって選択権はある。もちろん僕にだって、あなたの番になるかどうか、選ぶ権利はあるんです」

「へぇ、言うじゃねぇか。確かにガイドは、センチネルを癒したところでなんにも自分にメリットはねぇからな。でもその分、この世で一番幸せだっていうぐらい愛してやる。お前が望むなら、この世の富をすべて与えたっていい」

「あなたの愛なんていりません。それに、この世の富って……あなたの職業はなんですか？」

「国家公務員だけど、何か？」

ニヤリと笑われて、からかわれたと感じた。

いち公務員の上條の給料など知れている。侑李だって同業者なのだ。それを一国の王のような口振りで……呆《あき》れるほかない。

（見た目はいいかもしれないけど、こんなに失礼で嘘《うそ》つきな男と番になるなんて、絶対に嫌だ！）

侑李は、心の中で思いっきり舌を出した。

番とは、ＤＮＡレベルで相性の良い二人を指す言葉だ。国家機関のＤＮＡマッチングセンターによって、番となる相手が見つかる。

しかも運命の番とは最高の相性とされ、センチネルもガイドも互いの力を一番引き出すことができると聞く。

世の富貴な人間は、運命の番が多いという現実が、このことを裏づけているといえるだろう。それこそ本気を出せば、この世の富をすべて手中に収めることも、容易《たやす》いのかもしれない。

「では『ガイド保護法第三条二項』に則《のっと》って、侑李さんには今日からタワーで力の制御法や活用法について学んでいただきます。学習期間は二週間ほどですが……その期間はタワー内の宿泊施設を利用してもらい、外部との接触も断たれるので。ご家族に連絡してもらってていいですか？」

「えっ？　家に帰れないんですか？」

驚いて蒼井に訊《き》き返すと、困ったように微笑まれた。

「はい。バース性が後天した方は、現実を受け入れられない方が多くて。自宅に帰る振りをして逃げてしまう方もいらっしゃるので……数少ない例ですが、念のため」

「確かに……逃げ出したくなる気持ちもわかります」

上條への憤りで一時忘れていたが、自分はミュートではなく、センチネルに搾取され、社会的にも下層に位置するガイドだったのだ。

このことを、両親や兄弟になんと伝えよう？

田舎で隠居生活を送っている祖父と祖母に、とても相談したい気持ちになった。

——おじいちゃんはどんな気持ちで、ガイドだったおばあちゃんと結婚したの？

——ガイドだったおばあちゃんは、どれだけ世間から冷たい目で見られて、生きづらさを感じた？

これまで考えてもこなかったことに、現実が足元から崩れていく気がした。

はっきりいって、ショックだった。

自分が、後天性のガイドであったことが。

「大丈夫か？　侑李」

混乱して再び頽《くずお》れそうになった侑李の肩を、太くて逞《たくま》しい腕が抱いてくれた。その感触にハッと現実に引き戻される。

「だ、大丈夫です！　気安く触らないでください！」

「本当にツンツンとしたガイドだな」

腕を振り解《ほど》くと、目を見開いた上條が次の瞬間ニヤッと笑った。

「手懐《てなず》け甲斐《がい》がありそうだぜ」

その笑みに、また負けん気が顔を覗かせる。

（手懐けるってなんだよ！　見下しやがって。僕はペットなんかじゃないぞ！）

「さ、さぁ！　面会も済んだことですし、お部屋にご案内しますね」

床に放り出されていた鞄と紙袋を拾ってくれた蒼井が、カードキーを手に慌てて微笑んでくれた。

運命の番といったって、相性がいいとは限らないのだろう。とりあえず自分と上條は水と油。相性は最悪だと侑李は感じた。

「それでは、失礼します」

ガイドであったショックを引き摺《ず》ったまま、侑李は福本に頭を下げた。そして蒼井と一緒に部屋を出ようとした時だ。

「俺が案内する。蒼井はこのあと会議があるんだろう？　資料の確認とか済んでるのか？」

「えっ？」

そう言うと、上條は当たり前のように蒼井の手から荷物を奪い、侑李の部屋の鍵《かぎ》だというカードキーまで取り上げてしまう。

「ついてこい。部屋はこっちだ」

「ちょ……ちょっと！　待ってください！」

勝手知ったる足取りで先を歩き出した上條を、慌てて追いかけた。

振り返ると、目を瞬《しばた》かせたまま立ち尽くす蒼井が見えたけれど、静かに頭を下げたということは、自分はこの傲慢《ごうまん》男に預けられたのだろう。

本当は、今すぐにでも荷物を奪ってタワーから出ていきたかったが、きっとそれもできない。あの物々しい警備を思い出せば、子どもでもわかることだ。

「あの、僕の鞄と紙袋を返してくれませんか？　自分で持ちます！」

「水臭いこと言うな。将来のカミさんに重たいものは持たせねぇよ」

「はぁ？　将来のカミさんって……」

文句を続けようとしたが、住居部分へ続くらしいエレベーターは混んでいて、侑李はおとなしく口を噤《つぐ》むしかなかった。

「ほら、ここが住居部分だ」

エレベーターを降りて、明らかに自分よりコンパスの長い上條に必死についていくと、警備員が監視する自動ドアの先に住居部分はあった。

タイル張りだった床は柔らかな絨毯《じゅうたん》に変わり、真っ白だった壁も天井も、温《ぬく》もりある木調へと変わった。明かりも間接照明になり、入った瞬間にホッとできる空間にデザインされている。

そこからさらに進むと、『２１１１』と書かれた部屋があって、上條がカードキーをかざした。

カチッと小さな音をさせて鍵が開くと、慣れた様子で彼は中へ入っていく。

「あの……ここって？」

タワーの構造についてまったく無知なのでおとなしくついてきたが、この部屋はどう見ても誰《だれ》かが住んでいる感じがした。

ソファーの上には脱ぎ捨てられた服があり、ダイニングテーブルには無造作に置かれたタブレット。そしてドアが開いた寝室らしき部屋のベッドは、さっきまで誰か寝ていたように乱れている。

「まぁ……お前の部屋に行く前に、俺んとこでコーヒーの一杯ぐらい飲んでいけよ」

「はぁ!?」

リビングのソファーに侑李の鞄と紙袋を置くと、スーツの上着を脱ぎ捨てた上條は、L字型カウンターキッチンへと入っていった。

この部屋は、上條のものだったのだ。

「ぼ、僕はコーヒーなんか飲みたくありません！」

「じゃあミルクにするか？　それ以外の飲み物は用意がなくてな」

「そういう問題じゃありません！」

「じゃあ、どういう問題だ？」

しれっと聞き返されてカチンときた。

「どういう問題だって……なんであんたと一緒にコーヒーを飲まなきゃいけないんですか⁉」

「じゃあ、今すぐセックスする？」

「……は？」

大きな手で手首を摑《つか》まれ、強い力で引き寄せられた。

「すげぇな……番ってのは。マジで一目惚れだぜ」

「な……何を言っているんですか？」

抱き締められまいと背中を反らして抵抗すると、ぐっと上條が顔を近づけてきた。

「ビジュアルが完璧俺好み。しかもなんだ、そのツンケンした性格は。普通初対面の人間にはもっと愛想振りまくだろ。なのにさっきから子犬みたいにキャンキャン吠《ほ》えやがって……可愛すぎんだよ」

「……い、言ってることがよくわかんないんですけど」

どんどん近づいてくる上條の胸を押し返しながら、侑李はゴクリと唾《つば》を飲み込んだ。睫毛《まつげ》の長い上條の整った顔が眼前に迫り、胸のドキドキが止まらない。

しかし、これは恋とか愛とかいう感情ではない。

センチネルはずば抜けて容姿が整っているので、この胸のドキドキは、男らしい美しさを持つ上條の顔に緊張しているだけなのだ。

それに、侑李は一目惚れなどというおとぎ話は信じない。

クールな見た目に反して上條はロマンチストらしいが、相手の人となりもわからずに恋に落ちたりするものか。

「あの、上條さん……冗談はそろそろ終わりにしてください」

「冗談？」

「はい。今すぐ僕を離して、僕の部屋に案内してください」

「じゃあ、とりあえず一発キメたらな」

「はぁ!?」

ひょいっと侑李を横抱きにすると、上條は半開きだった寝室のドアを蹴って全開にした。

侑李は身長が一七五センチある。身体つきも男性にしては華奢だが、女性ほど細いわけではない。

それなのに軽々と自分を横抱きにした上條の腕力にも驚いたが、それ以上にこの状況に今まで感じたことがない危機を覚えた。

「お、下ろしてください！」

「キャンキャンと本当にうるせぇな……でも、勝気な奴は嫌いじゃない」

「うわっ！」

ドサッとベッドの上に放られたかと思うと、すぐさま上條が覆いかぶさってくる。

「あ、お前色素薄いんだな。瞳の色が茶色。ってことは、この茶髪も地毛か？」

ドキッとするほど甘い声音で髪を撫でられ、侑李は一瞬抵抗することを忘れてしまった。

すると、隙《すき》を突いて上條に音を立ててキスをされる。

「!?」

「なんだ、驚いた顔も可愛いな。笑ったら、きっともっと可愛いんだろうな」

言いながら巧みにスーツのジャケットを脱がされて、ベッドの下に落とされた。

素早くネクタイも引き抜かれ、ワイシャツのボタンに手をかけられる。

「やめっ……！」

これ以上勝手をされては困ると、侑李はベッドから下りようとした。

しかし身体を押さえつけられ、やみくもに腕を振り回す。

「いてっ！」

すると思いきり肘《ひじ》が上條の顎《あご》に当たり、彼の動きが止まった。

（に、逃げなきゃ！）

男同士でもセックスは可能だ。

二十三歳で、すでに童貞ではない侑李はそのことをちゃんと知っている。

どんなことをするのか詳しくは知らないが、自分が今、この男に貞操を狙《ねら》われているのは確かだ。

転がるようにベッドから下りると、侑李は逃げ出すべく上体を上げようとした。けれどもその前に腰を掴まれ、再び自分より上背のある上條に組み敷かれてしまう。

「気の強い子犬は好きだが、さっきの肘鉄はマジで痛かった。言うこと聞かない悪い子はお仕置きだ」

どこか楽しそうに言われ、引き抜かれたネクタイで素早く両手首を括《くく》られてしまう。

「何してんですか！」

「お仕置きだって言ってんだろ。キスした時に舌に噛みついたら、もっとひどいお仕置きするからな」

「ふ、ふざけないでくださ……んんーっ！」

先ほどとは違い深く唇を奪われて、侑李は足をバタつかせた。しかし侑李の抵抗など意にも介さない様子で、上條は縦横無尽に口内を貪る。

「……はっ」

嵐《あらし》のような荒々しいキスが終わり、やっと息を吐くと、驚きに目を見張った上條に見つめられた。

「すげぇ……これが番のガイドのキスか」

「何……言ってんですか？」

今なお目を見開いている上條に訊《たず》ねると、するりと頬を撫でられる。

「これまで何人もガイドを抱いてきたけど、こんなのは初めてだ。回復力が全然違う。桁《けた》違《ちが》いだ」

「桁違い？」

「あぁ、世界ってのはこんなにも色鮮やかなんだな。ずっとＳＧＩＰＡでこき使われてるから、疲れすぎて忘れてた……」

呟いた上條に、侑李の胸が痛んだ。

ＳＧＩＰＡの活動内容は、学校の授業でも習った。

それだけじゃない。彼らの活躍はニュースやテレビの報道で何度も目にしている。

きっとセンチネルとガイドとミュートが混在しながらも、これまで平和に生活してこられたのは、ＳＧＩＰＡのおかげだろう。

なぜならＳＧＩＰＡと呼ばれるセンチネル・ガイド調査保護庁の彼らは、他から攻撃を受けやすいセンチネルやガイドを守るためにいるのだ。

彼らは、拳銃の携行を許可されている。

それは能力を悪用されそうになったセンチネルを保護するため。そして、社会的立場が弱いガイドを守護するために使われる。

これが何を意味するのか？　少し考えればわかることだ。

彼らは死の危険に晒されるような状況下で、日々職務をまっとうしている。

「あれ？　もしかして同情してくれた？」

知らずと感情が表に出てしまったのか？　情けなく眉が下がり、同時に抵抗の意思も緩んでしまった侑李に、上條がニヤリと笑った。

「別に同情なんかしていません。ただ……」

「ただ？」

「その……毎日お疲れ様です」

「いい子だな、侑李は」

目を細めた上條に、胸がぎゅっと苦しくなった。

確か、SGIPAが担当した事件で死者が出たのは、昨日ではなかったか？

今朝《けさ》電車の中で読んだネットニュースを思い出し、その現場に上條もいたのかもしれないと思った。

しかし、そんなことを気安く聞けるような関係でもないし、状況でもない。今はとにかく自分の貞操を守ることが一番だ。

同情しかけた己を叱咤《しった》して、侑李は再び逃げ出そうと足をバタつかせたが、自由にならない手首を頭上で押さえつけられ、短くキスをされた。

「出会ったばかりなのに、三回もキスしないでください！」

「無粋な奴だな、数えてたのか？」

笑った上條にベルトを外されると、いとも簡単にズボンを脱がされてしまう。センチネルという生き物は、人の服を脱がせることにも長《た》けているのか？

「お！　将来のカミさんはビキニ派か。いい趣味だ」

下着の種類を口にされ、一気に頬が熱くなった。

「へ、変態！」

「なんとでも。仕事柄、罵《ののし》られるのは慣れてるんで」

「仕事柄って……ちょっと、やめ……」

今朝、シャワーを浴びたあとに穿《は》いた黒いビキニに手をかけられ、身体を捩《よじ》って必死に阻止しようとした。けれども体格だけでなく、経験値も勝るらしい上條に、三度《みたび》着衣を剝《は》ぎ取られる。

「……っ！」

「いいな。陰毛が薄い奴は好きだ……それだけでエロくてそそる」

コンプレックスの一つでもある体毛の薄さを指摘され、侑李はもう、きつく唇を嚙むことしかできなかった。

節が太く、爪《つめ》が丸く切られた上條の長い指が、なんの兆しも見せていない……むしろ、羞恥と緊張から委縮している性器を握った。

「あっ……」

やわやわと揉《も》み込むように刺激され、柔らかかったペニスが芯《しん》を持ってくる。そして半ば勃《た》ち上がりかけたところで、ゆっくりと手を上下に動かされた。

「んっ……んんっ……ぅ」

自分を強姦《ごうかん》している上條に、快感に濡《ぬ》れた声など聞かせたくなくて、侑李は唇を噛んで懸命に声を殺した。すると啄《ついば》むように何度もキスをされ、上條に唇を舐められる。

「噛むな。怪我《けが》をするぞ」

「で、でも……っ」

呼吸の合間に口を開くと、優しく頬に口づけられた。

「侑李のいい声が聴きたい——っていうか聴かせろ」

「あぁっ……」

口を噤む前に勃起《ぼっき》した性器を激しく扱《しご》かれて、侑李の背中が撓《しな》った。

「やだ、やだやだ……」

敏感な先端を親指で撫でられ、ビクビクッと腰が跳ねる。

こんな無礼で、傲慢で身勝手な男の手で感じたくないのに、なぜか身体は上條が与える快感に悦《よろこ》んでいて、心と身体がどんどんちぐはぐになっていく。

「んっ……あ、やぁ……っ」

しかし言動とは裏腹に優しく、そして慎重に触れてくる上條の手指に、次第に心が身体に引き摺られ、だんだん快楽しか感じなくなってきた。

「だめ、そこ……」

「なんだ？　尿道を弄《いじ》られるのが好きなのか？」

優しく笑みながら上條に問われ、思わず頷いてしまいたくなる。けれども恥ずかしくて、侑李は違うと首を横に振った。

「嘘つくなよ。こんなにも透明なのが溢《あふ》れてるぞ」

「やぁ……」

見せつけるように、先走りが絡んだ指を侑李の眼前に持ってきた上條は、ぺろりとそれを舐め上げた。

「ほんっと最高だな。こんなに美味《うま》いカウパーは初めてだ。やっぱ運命の番ってのは、遺伝子レベルで繋がってんだな」

相変わらずロマンチックな発言をすると、上條は侑李のワイシャツのボタンをすべて外した。そして淡い乳首の色を確かめて満足そうに微笑むと、侑李の脚の間に顔を埋《うず》める。

「ひっ……あぁ」

薄い下生えに鼻先を擦《こす》りつけ、侑李の香りを楽しむ獣染みた仕草を見せると、上條はつるりと性器を口に含んだ。

これまでだって、付き合った恋人に口淫をされたことは何度もある。しかし上條のそれは少し違う気がした。

（フェ……フェラチオって、こんなに気持ちよかったっけ？）

ねっとりと裏筋を舐め上げられ、知らずと脚を大きく開いてしまった。

張り出した亀頭を舌で優しく抉《えぐ》られると、突き上げるように腰が浮いてしまう。

温かい口腔《こうこう》に全体を吸い込まれ、今度は鼻にかかった甘い声が漏れた。

「ふ……んぅ、やぁだ……」

幼子のようにぐずると、上條に脚を撫でられた。

それでも強すぎる快感にぐずぐず喘《あえ》いでいると、「早くいっちまえ」と小さく笑われる。

「あぁ……っ！」

急に上條の口淫が激しくなり、侑李は大きく目を見開いた。

じゅっじゅっ……と音を立てながら、まるで吸い込むように頭を動かされる。

「だめ……気持ちい……あぁ……っ」

性器の全体を愛撫《あいぶ》されて、限界の近かった侑李は上條の口内に精を放った。

ビクンビクンと腰が跳ね、こんなにも気持ちの良い射精は初めてだと、白く霞《かす》む脳内で

思う。

「やべぇな、こんなに美味くて回復力のあるザーメン飲んだら、もう他のガイドなんて抱けねぇ……」

口元を拭いながら独《ひと》り言《ご》ちた上條に、侑李は蕩《とろ》けた視線を送った。

「そんな色っぽい目で見んなよ。もっとしたくなるだろう？」

眉間に皺を寄せつつ笑った上條は、困っているように見えた。

しかし侑李の脚の間で膝立ちになると、自身のベルトに手をかける。

「今日は最後までしないつもりだったけど、予定変更。お前がエロいのが悪い」

責任転嫁され、侑李はまだぐったりとする身体で首を傾《かし》げた。

すると太く長く屹立《きつりつ》した上條のペニスがまろび出て、ハッと脳内がクリアになる。

「な、何する……」

「だから言っただろう？　予定変更って。最後まで侑李を抱く」

「やだっ！」

男性同士のセックスで、後孔を使うということまでは知っていたが、自分が経験することになるとは思っていなかった侑李は、ずり上がるようにベッドの端まで逃げた。

「絶対に痛くしない。っていうか、ガイドはアナルセックスするの楽なんだよ。よく濡れるし、すぐに解《ほぐ》れる。きっと男を受け入れることもできるよう、身体が進化したんだろうな」

話しながら、ベッドの隅で頭を左右に振る侑李の腰を抱いて、上條は逃げ腰の身体を再び中央に戻した。

「ほら、お前のここ。もうこんなにびしょびしょだ。ミュートやセンチネルの男なら、こんなに濡れない」

「えっ？」

大きく開かされた脚の間で、上條が初心《うぶ》な蕾《つぼみ》をくるくると撫でた。

するとくちゅくちゅ……と音がして、そこが潤んでいることに気づく。

けれども自慰を覚えた頃から、快感を得ると後孔が濡れることは毎回だったので、侑李はこれが当たり前だと思っていた。

しかし、そうではないらしいことを上條に教えられ、ショックを受ける。

（やっぱり、僕はガイドだったんだ）

呆然《ぼうぜん》とし、動けなくなっていた身体を簡単に転がされ、腰を高く持ち上げられた。

「や、やだ、やめてください！」

これからされるであろうことを想像し、恐怖と羞恥で逃げを打つ。

「暴れるな。おとなしくしてれば痛くない。将来は夫婦になるんだから、初夜が前倒しになったと思って諦《あきら》めろ」

「僕は、あなたと結婚しません！」

「いいや、お前は絶対に俺と結婚する。それぐらい惚れさせるから覚悟しとけ」

(なんなんだ、この人は⁉)

自信満々に言い放たれ、侑李は上條がますます理解できなくなった。きっと上條には、恥や謙虚という言葉が欠落しているのだろう。

「ふ……ぅんっ」

つぷりと後孔に指を挿入され、ぎゅっと瞼《まぶた》を閉じた。

(絶対に痛い！　あんなでかいの挿《い》れられたら、身体が壊れる！)

先ほどまろび出た上條の性器を思い出し、身体を硬くした時だった。

「あっ……！」

潤んだ内壁を撫でられ、ゾクゾクとした悦びが背筋を駆け抜けた。

そのあとも指は緩やかな出入りを繰り返し、一度果て、敏感になった身体に甘く淫《みだ》らな快感を教えていく。

「あぁ……いや、だ……ぁ」

指が触れる部分は熱く疼《うず》いて、火傷《やけど》しそうな感覚を覚える。けれどもそれは、堪《たま》らない快感を同時に引き出して、きゅうっと上條の指を食い締めてしまった。

「あぁっ！」

その時だ。ある一点を上條が擦り上げ、侑李は目を見張った。

ビリビリと甘い電流が突然全身を駆け抜け、これまで感じたこともない愉悦を導き出す。

「あっ、あっ……あぁ……ぅんっ」

意図的にそこを責められ、侑李はいやいやと尻《しり》を振ってしまった。

けれども可愛いその仕草は、まるで男を誘っているように見えたのだろう。上條が喉奥《のどおく》で笑う。

「なんだ。初めてのアナルセックスで、さっそくおねだりか？」

この言葉に、カッと頬が熱くなった。

しかし今は、蕩けそうな淫楽に溺《おぼ》れていたくて、甘んじて上條のからかいを受け入れた。

「う……ん、はぁ……」

二本、三本と指を増やされても、潤んだ後孔は柔軟にそれを呑《の》み込む。

そしてとうとう指を引き抜かれると、悲しいほどの喪失感に襲われた。

「やだ、抜かないで……」

理性などどこかへ行ってしまった侑李は、本能のままに懇願した。

「いい子で待ってろ。今、もっとでかいので満たしてやるから」

再びくつくつと笑った上条は、背後から圧《の》しかかると、侑李の手首を縛《いまし》めていたネクタイを解いた。「縛られたままじゃ辛《つら》いだろう?」と。

だが、侑李はなぜ自分が今まで縛られていたのか、明確に覚えていない。

それほどまでに、脳内からつま先まで快楽に満たされていた。

セックスに溺れて、前後不覚になるなんて初めての経験だ。

(アナルセックスって……こんなに気持ちいいんだ……)

指しかまだ挿れられていないのに、とろとろに蕩けてしまった自分が恥ずかしい。だけどそんな羞恥さえも、今は心地いい。

「あっ……」

指とは比べものにならない熱があてがわれて、期待と不安に身体が震えた。

「挿れるぞ」

耳元で囁かれ、こくこくと頷く。

「ん……っ」

初めて受け入れたそれは無垢《むく》だった蕾を押し開き、ゆっくりと……そして確実に体内に侵入してきた。

「あぁ……」

内臓がせり上がる苦しさを感じて目を閉じると、眦《まなじり》から涙が零《こぼ》れた。

それはまるで処女喪失に泣いているように見えたが、紛れもない快楽の涙だ。

身体は、この男に抱かれることを悦んでいる。

「動くからな。しんどかったら言えよ」

窺《うかが》うように身を沈めてきた上條だったが、侑李の様子を確認すると、緩やかに腰を前後に動かしてきた。

「ひゃ！　……うっ……ん」

上條の言葉通り、指とは比べものにならないほど大きなペニスで肉壁を擦られ、白い喉が反った。

ひと際感じた場所を切っ先で突き上げられて、今度は目の前に星が散る。

「あぁ……いや、だめ……きもち……」

「俺も……すっげぇ気持ちいい」

上條の腰の動きも次第に激しくなり、結合部から精液と愛液の混ざった淫猥《いんわい》な音がする。

「やだ、やだ、やだ……もういっちゃ……」

後孔だけでなく前も手で扱かれて、侑李は溢れ出る愉悦の涙を零しながら射精した。

「く……っ」

それと同時に、上條が背後で息を詰める。

熱い飛沫《ひまつ》を腸内で受け止めて、侑李は糸の切れた操り人形のように、ぐったりとベッドに沈んだ。

その後、目が覚めた時には陽も傾きかけていたのだった。

2

初夏の日差しを受けて、日比谷《ひびや》公園の緑はより一層輝いていた。

一階のコーヒーショップで買ったアイスのアメリカンコーヒーを飲みながら、侑李はその緑を見下ろす。

ここは各省庁が集まる、東京都千代田区霞《かすみ》が関《せき》。丸の内線B３出口直結の合同庁舎第五号館の二十二階に、侑李の新しい職場はあった。

センチネル・ガイド調査保護庁。

厚生労働省と同じビルに入るＳＧＩＰＡには、現在千三十人の職員がいる。全国的にみれば三千人ほどの職員が地方事務所に在籍しているが、やはり本部ということで人も多い。内訳はセンチネルが六割。ガイドは三割。残りがミュートという割合になっている。

「よう、坊ちゃん。ＳＧＩＰＡに来て二カ月経ちましたけど、慣れましたかい？」

後ろから突然声をかけられ、侑李は自分より頭一つ大きい男性を仰いだ。

「もう、田治《たじ》さん。その呼び方はやめてくださいって言ったじゃないですか」

「悪い悪い」

中学生の息子を一人で育てているという田治憲二《けんじ》は、渋みのある整った顔をクシャっと歪《ゆが》めた。スーツにノーネクタイというい つものスタイルで。

「とんでもなく品のある横顔で、窓の外を見てたもんだから。さすがは警視総監様のお孫さんだと」

「祖父はもう隠居の身ですし、僕の父は普通のサラリーマンです。だから全然お坊ちゃまなんかじゃないですよ」

「でも、お父上だってミュートでありながら都銀の役員さんだ。やっぱりお坊ちゃまに違いない」

「よくご存じですね」

困った笑みを向けると、田治は白髪が目立ち始めた頭を掻《か》いた。

「自部署の人間を含め、情報収集するのが俺の仕事だからな」

「そうですね。だから情報統括部の田治さんには、絶対逆らえないと思いますよ。僕も知らない情報を握ってそうだし」

「そんなことはないさ。俺たちは必要な情報しか探さないんでね」

ふっと目を逸《そ》らして、田治が口にした時だ。彼の身体に、小柄な青年がぴょんと抱きついてきた。

「もーっ！　二人でなに親密そうに話してるんですかぁ？　僕も混ぜてくださいよぉ～っ！」

「……榊《さかき》」

ため息交じりに、田治が青年の名を呼んだ。

榊海斗《かいと》もＳＧＩＰＡの人間だ。

侑李より七つ年上の榊はとても愛らしい顔をしていて、自分より年上には見えない。

所属部署は、侑李と同じ内部局調査第一部。事件に巻き込まれたセンチネルやガイドを保護することを目的としていて、犯人の逮捕権も持ち、銃の携行も許可されている。

「えー！　だって、田治さんはセンチネルだからぁ。ガイドの枝島くんを狙ってるんじゃないかと思ってぇ」

「馬鹿言え。枝島はあの上條の嫁さんだぞ？　誰が手を出すかっ」

「それもそうだねぇ」

無邪気な性格を表すように、榊はアハハハと笑った。

「あのっ！　僕は上條さんのお嫁さんなんかじゃありません！　ただの同僚です！」

顔を真っ赤に染めて抗議すると、ニヤリと田治に笑われた。

「そうムキになるなよ。ここにいるのはセンチネルとガイドばかりだ。だから社内結婚も多いし、結婚まではしなくても、パートナー同士のセンチネルとガイドもいる。しかも枝島と上條は運命の番だっていうじゃないか」

「そうだよぉ、運命の番ってすごいんでしょ？　共鳴反応っていうのがあって、一瞬で互いに恋に落ちるって聞いたよぉ？」

興味津々とばかりに身を乗り出した榊に、うっ……と侑李は言葉に詰まる。

確かに世間ではそういわれているが、はっきりいって上條には、初対面の時からいい感情は持っていない。

「おい、俺のカミさんいじめてんじゃねぇよ」

就業時間ギリギリになって部署へやってきた上條が、ゆったりとした足取りで近づいてきた。

「だから！　僕はあなたのカミさんではありません！」

上條の言葉に反射的に答えて、侑李はキッと睨んだ。

「なんだ？　今日も朝から可愛い顔してんじゃねぇか。今すぐここで犯されてぇのか？　あぁ？」

「なっ……！」

くる。

侑李の態度を生意気と取ったのか？　上條はからかいながらもドスの利いた声で脅してきた。しかし、それに対して侑李も喧嘩腰《けんかごし》で口を開きそうになったので、榊が間に入ってくる。

「はいはい。犬も食わない夫婦喧嘩はお家でやってねぇ。そろそろお仕事の時間だよぉ」

「……わかりました」

榊の明るい笑顔にぐっと唇を噛みながら、侑李はなんとか自分を落ち着けた。上條はふんっと鼻を一つ鳴らして自席……侑李の隣の席に足を組んで座る。

（こんな奴が、本当に僕の運命の番なのか？）

いやいやながら上條の隣に腰を下ろし、膝の上で両の拳を握った。

……この二カ月。嫌というほど上條を観察してきたが、確かに仕事はできるらしい。

案件解決率も犯人検挙率も庁内一位を誇る上條は、タワーの総責任者である福本のお気に入りで、今年二十八歳になるという。

国立大学を首席で卒業し、その後ＳＧＩＰＡに入庁。

当初は諜報《ちょうほう》活動をメインとする内部局調査第二部にいたが、能力を見込まれて内部局調査第一部へ異動。

頭の回転の良さと身体能力の高さ。そして柔術やキックボクシングの使い手であることから攻守ともに優れ、誰もが認めるＳＧＩＰＡのエースとなった。

しかしどの同僚に聞いても、上條を良く言う者はいなかった。

庁内の一匹狼《おおかみ》で口も悪く、冷静と激高の振り幅が大きくて、入庁当時は頭の固い上司に殴りかかろうとすることも、しばしばだったらしい。

それでもＳＧＩＰＡをやめさせられなかったのは、優れた才にあった。

そんな上條に気軽に接することができるのは、仕事で何度も班を組んだことのある田治や、相手を選ばず明るく接することができる榊くらいで、みな上條を遠巻きにし、腫《は》れ物に触るように接した。

侑李はこんな非社交的な男が運命の番だと信じたくなくて、無理やり誕生日と血液型を聞き出すと、上條の性格をいろんな診断サイトで調べた。

別に占いを信じているわけではないが、そうでもしないと現実と対峙《たいじ》できなかったのだ。

しかし、どの診断サイトでも上條の性格は最悪だというので、愕然《がくぜん》としながら調べることをやめた。

それなのに、上條の星座と血液型は自分のものと相性が抜群で、それも侑李を落ち込ませる一因となった。

儀礼的な朝礼が終わると、内部局調査第一部と第二部は、各自ノートＰＣを持って調査班や偵察班に分かれる。

主に集まるのは、フロアーの一番奥に設けられたカフェスペースだ。

カフェスペースといっても、会議用のテーブルと椅子《いす》がいくつか置かれただけで、飲み物も各自が給茶機や自動販売機で調達するスタイルだ。

今回侑李が配属された捜査班は、田治が責任者となって構成されていた。

メンバーは田治の他に情報統括部から二名、内部局調査第一部からは榊、上條、侑李の三名が選出された。

「初陣だねぇ、枝島くぅん」

「はい」

隣に座った榊の言葉に、侑李の表情も引き締まった。

二カ月前に入庁してから、侑李は榊に仕事を教えてもらいつつ、後方支援に当たっていた。よって自分が捜査の最前線に立つのは今回が初めてだ。

「初陣だろうとなんだろうと捜査には関係ないですから。とにかく僕たちの足を引っ張んないでくださいよ」

向かいに座る、スクエア型のメガネをかけた情報統括部の篠田正樹《しのだまさき》が、神経質そうにブリッジを押し上げる。

「そう言うなよ、篠田。誰にだって初めてはある。困ったりわからないことがあったら、すぐに俺たちに訊いてくれよな」

「ありがとうございます」

同じく情報統括部の田中慎一郎《たなかしんいちろう》が、篠田の横に腰を下ろし、丸い顔に笑みを乗せてくれた。

「安心しろ、どんなことがあっても俺がお前を守る」

榊とは逆隣に足を組んで座った上條が、当たり前だといわんばかりに言った。

「あの、僕はあなたに守ってもらうつもりはないんで……」

この言葉に、侑李は小さな声で反発する。

「んだよ、お前万年生理中か？　いっつもツンケンしやがって」

「さぁて、一通り朝の挨拶は済んだか？　それじゃあ本題に入るぞ」

上條の舌打ちに被《かぶ》せるように声を張った田治が、シルバーグレーのノートＰＣを開く。

スリープ状態だったのだろう。すぐに起動したノートＰＣのキーボードを、タンタンッと田治が二度叩くと、各自のノートＰＣ画面に四名の若者の写真が映し出された。

「彼らは？」

篠田の言葉に、田治は顎に手を当てて目を鋭くさせた。

「今回の被害者だ」

「みんな、ずいぶん若く見えますが……」

腕を組んだ田中に、侑李も頷く。

「そうだ。今回の被害者は全員十八歳から十九歳の大学生で、みな慶和《けいわ》大学の学生だ」

「わぉっ、頭がいいんだねぇ～。ってことは彼らはセンチネルですかぁ？」

訊ねた榊に、田治が首を横に振る。

「いや、全員ミュートだ。しかも一定期間の記憶がない」

「記憶がない？」

黙っていた上條が反応した。

「あぁ、みな同じ手口で誘拐されて、四日後に大学近くの公園で解放されている」

「誘拐……ですか」

緊張から、ごくりと侑李は唾を飲み込んだ。

このあと田治は、本案件の資料を各ノートＰＣに転送してから詳細を語った。


第一の事件が発覚したのは三カ月前だ。

まだ肌寒い三月の空の下、半裸状態で公園で眠っていた被害者Ａが、保護されたところから始まる。

被害者Aの森本直《もりもとなお》は十九歳で、文芸部に所属していた。社交的な性格から友人も多いそうだ。

しかし発見された時は口も利けない状態で、警官に保護され精密検査を受けたところ、ベンゾジアゼピン系のリザンジーナという鎮静剤を打たれ、昏睡《こんすい》状態だったことがわかった。

被害者Aは保護されてから三時間後に目を覚ましている。

しかしリザンジーナを連続投与されたらしく、副作用で誘拐された直後から記憶がまったくなく、犯人に繋がる手がかりは何も聞き出せなかったそうだ。

そして四週間後、第二の事件が起こる。

被害者Bの山本広樹《やまもとひろき》はAと同じく十九歳で、テニス同好会に所属していた。

同好会の活動が終わり、最寄り駅へ向かう途中で誘拐され、Aと同じくリザンジーナを投与され、四日後に公園で保護されるまでの記憶が曖昧《あいまい》だ。

ただ一つ覚えているのは、胸に赤い痣《あざ》を持つ男に、ずっと身体を預けていた……ということだけだった。

十八歳の被害者C有嶋佑《ありしまたすく》は、Bが保護されてから二週間後に同じ手口で誘拐され、同じように四日後に解放されている。

「――で、一昨日保護された四人目の対象者が彼だ」

「赤池翔太《あかいけしょうた》、十九歳。二年生。性別は男性で、バース性はミュート……」

名前とプロフィールを読み上げて、侑李はきつく眉を寄せた。

そんな年若い彼が誘拐され、どんなひどい目に遭ったのか？　そしてどれだけ怖い思いをしたのか？　想像しただけでも胸が痛む。

まだ事件の全容はわからないが、それでも侑李は犯人を憎いと思った。

「彼もリザンジーナを使われていたんだが、一番記憶が鮮明で犯人に繋がる情報を多く持っている」

「じゃあ、犯人逮捕も容易いのでは？」

侑李は微《かす》かな光明に身を乗り出した。

「俺もそう思ったんだがな。この案件には重大な点があって……」

困ったようにため息をついた田治に、上條が淡々と口を開く。

「そもそも誘拐事件なら、俺たちＳＧＩＰＡの仕事じゃない」

「そこなんだ」

「えっ？」

彼らが何を言っているのかわからず、侑李は目を瞬かせた。

するとが榊が、テーブルに頬杖《ほおづえ》をつきながら教えてくれる。

「僕たちのお仕事は、センチネルとミュートの『保護』でしょ？　悪い組織に連れていかれて無理やり働かされてるセンチネルとかぁ、ひどい迫害や差別、ＤＶを受けているミュートを助けるのがお仕事なんだぁ」

「だから、誘拐されてひどい目に遭ったミュートを保護するのは、ＳＧＩＰＡの仕事なのでは？」

困惑しながら問うと、静かに上條が首を横に振った。

「今回は対象者が犯人に解放されているので、救出する必要はない。それに誘拐という『事件』になれば管轄は警察だ。俺たちの出る幕じゃない」

「じゃあなんで、ＳＧＩＰＡにこの案件がやってきたんですか？」

ますます混乱する侑李に、田治がＰＣに視線を落としたまま教えてくれた。

「誘拐された四名とも、『自分たちは誘拐されたのではない』と主張しているからだよ」

「えっ？」

「彼らは自らの意思で、犯人と思《おぼ》しき人間についていったと言っている。そして薬を打たれて昏睡状態となり、気がついたら公園にいただけだと。だからみんな自分たちのことを、被害者だと思っていないんだ」

「じゃあ、みんな承知の上で犯人についていったってことなんですか？」

「そうだ。四人とも複数の男にレイプされた痕跡《こんせき》があるにもかかわらず、被害届は出していない。だからこの案件には『犯人が存在しない』んだ」

「だから、俺たちのところにやってきたってわけか」

腕を組んで、上條は目を閉じた。

「えっ？　ごめんなさい……僕、上手く理解できなくて……」

「だからね、この事件には『犯人も被害者もいない』んだよぉ。でも相手を言いくるめて連れていって、薬を打ってレイプするのは犯罪でしょ？　だけど被害届が出されない限り、警察は動けない。だからミュート絡みの保護案件として、ＳＧＩＰＡに調査依頼が来たってことだよぉ」

榊の言葉に、侑李はやっと納得することができた。

「なるほど……この案件には、犯人も被害者も存在しないんですね。だから警察が動けない分、僕たちに真相を調べろと」

「そういうこと。僕たちは保護を目的とすればぁ、被害届がなくても自由に動けるからねぇ」

「で、田治さんは今回、どんな作戦を考えてるんだ？」

瞼を開け、上條が田治に目線を向けた。

「とりあえず、上條と枝島には大学に潜入してもらう。榊は篠田と組んで後方支援。俺と田中は指揮を取りつつ情報分析に全力を注ぐ」

「了解」

「ちょっ……了解って、どうやって大学に潜入するんですか？」

「その手筈《てはず》はもう済んでる。上條は社会心理学者の准教授として。枝島は編入生として大学に入ってもらう」

「編入生ですか？　ってことは社会人枠か何か……」

「いや。今回の被害者が全員十八歳から十九歳ということから、高校を卒業したばかりの十八歳という設定で、学生の中に紛れてほしい」

「はぁ？　十八歳？　二十三歳の僕がですか⁉」

「ぴったりな配役じゃないか」

「どこがですか！　さすがに無理があるでしょ！」

しれっと肯定した上條に嚙みつくと、榊がニコニコと笑顔で口を開いた。

「枝島くん、多くの潜入調査を行うＳＧＩＰＡではぁ、童顔っていうのは有利なんだよぉ。

大丈夫！　枝島くんは立派に十八歳に見えるからぁ！　三十歳になって、高校に学生として潜入したことがある僕が言うんだから、間違いないよぉ」

「さ、榊さん……」

自分より、もっとキツイ条件で潜入調査を行った榊に言われてしまえば、もう何も言うことができなかった。

◆◆◆

慶和大学は、小学校から大学院まである一貫校だ。

歴史もあり、偏差値も高く、多くの財界人や芸能人、スポーツ選手の子息・子女が通う名門校で、いわゆるキラキラ系のハイソサエティーな大学だった。

だから、余計に誘拐案件は大学にとってデメリットだと考えたのだろう。慶和ブランドに傷をつけられるからだ。

まだメディアでは報道されていないが、学生を守るという観点から、今回の潜入調査は大学が全面的に協力してくれた。

どこに犯人がいるのかわからないので、上層部のごく一部の人間しか知らないことだが。

「僕が、慶和大学に通う日が来ようとはなぁ……」

警備員が立つ広い門の前で、侑李は緊張を解すように深呼吸をした。

二十三年間、自分は凡庸なミュートだと思っていた侑李は、慶和大学を目指そうなんて微塵《みじん》も考えたことがなかった。

そこそこの大学へ行って、安定した公務員になれれば、人生は安泰だと思っていたからだ。地味でも平穏が一番だと、今でも信じている。

(そんな僕が、仕事とはいえ慶和大学に通ってるなんて知ったら、父さんも母さんも驚くだろうな)

子どもの頃から警視総監の孫として特別視され、父親はミュートでも優秀な銀行員。兄も姉も優等生で、大学卒業後はそれぞれ有名企業で活躍する家庭で育った侑李は、彼らの華々しい世界についていけなかった。

今はそうでもないが、幼い頃は感性が過敏すぎて、人見知りも激しく引っ込み思案だった侑李は、人前に出たり目立つことが苦手で、常に物陰に隠れて生きてきた。

人の目を見て話ができるようになったのも中学を卒業してからで、現在のように自己主張をし、勝気な面が出てきたのは大学に入ってからだ。メガネからコンタクトレンズに変えたのも、確かその頃だった。

門を潜《くぐ》ると、豊かな緑を蓄えた桜並木が出迎えてくれた。

その道を真っ直ぐ進むと建物群が見え、侑李は多くの学生に混じってレンガ造りの校舎に足を踏み入れた。

初めてのミッションは、周囲の雰囲気に溶け込みながら、無事に教室へ辿り着くこと。

そのため、侑李は「自分は十八歳、十八歳なんだ！」と暗示をかけながら、必死に平静を保った。

広い構内で迷子にならないよう地図を確認しながら、どこにどんな教室があるか頭に叩き込んでいく。

「潜入調査は、どこで何が起きるかわからないからねぇ。いつでも逃げ出せる経路を、頭に入れておいた方がいいよぉ」

榊からアドバイスを受けた侑李は、事前に田治からもらっていた大学構内図も徹底的に覚えてきた。

しかし構内図と実際に目にする構内はずいぶん雰囲気が違っていて、緊張から必要以上に肩に力が入ってしまう。

方向感覚はいい方なのに、今にも迷子になりそうで不安になった。

周囲の音もだんだん遠くなってきて、視界がぐるぐると回りだす。

（やばい！　プレッシャーに押しつぶされる！）

そう思って、背筋に冷たい汗が流れた時だった。

辿り着いた教室の前に見慣れた人物を見つけ、侑李はホッと息を吐いた。

准教授に扮《ふん》した上條だ。

「お……おはようございます。上條先生」

普段のスーツ姿とは違い、ライトブルーのジャケットに白いボタンダウンのシャツ、そしてベージュのテーパードパンツを穿いた上條は、眩しいほど爽やかなイメージで、ボストン型の伊達《だて》メガネまでしている。

整髪料で前髪を上げているところも初めて見た。

「おはようございます、枝島くん。今日が初の登校日だったかな？」

「はい……」

「記念すべき第一時限目が僕の授業で光栄だよ。さぁ、早く中に入りなさい。もうすぐ授業開始ですよ」

「わ、わかりました」

笑顔を浮かべ、口調までも穏やかな上條に度肝を抜かれつつ、侑李はコメツキバッタのように何度も頭を下げながら教室に入った。

（……悔しいけど、やっぱり上條さんは潜入し慣れてるなぁ。キャラを作り上げるのが上手すぎる……っ）

侑李より二週間早く大学に潜入していた上條は、すでに軽口を叩き合う学生もいるらしく、教壇に立った彼の周りには、ちょっとした人垣ができていた。

若くて見目の良い社会心理学者の准教授は、ちょっとした人気者のようだ。

（別に、嫉妬《しっと》なんかしませんけどねっ！）

階段式の中ほどの席に腰かけ、侑李は学生たちに懐かれる上條の姿を眺めた。

（っていうか、嫉妬ってなんだよ。これじゃあまるで、僕が上條さんのこと好きみたいじゃないか！）

浮かんだ思考を必死に打ち消すため、侑李はぶるぶると頭を振った。

自分は決して上條なんか好きじゃないと。

彼が運命の番だなんて絶対に認めない！　と。

（あんな身勝手で俺様な奴、誰が好きになるもんかっ！）

上條と出会ってからの二カ月半を振り返り、侑李の眉間に皺が寄った。

最初こそ強姦されたが、それからというもの上條には抱かれていない。

しかしガイドの体液がセンチネルを回復させるのは確かなので、タワー内の侑李の部屋

を知っていた上條は、毎日訪ねてきては、涙や唾液、そして精液を貪って侑李を翻弄《ほんろう》した。

今は一人暮らしをしているマンションに戻ったので、押しかけられることはなくなったが、SGIPA内には『回復室』という部屋が設けられているので、侑李はそこで上條に体液を求められている。

（ほんと、餌《えさ》と捕食者だよなぁ……）

少しでも学生に見えるようにと、ファストファッションで身を固めた侑李は、パーカーの裾《すそ》をぎゅっと握った。

胸の奥に、『虚《むな》しさ』という文字が浮かぶ。

（僕はガイドだから、上條さんに構ってもらえるんだろうな）

ぽつりと、そんなことを考えてしまった。

そうでもなかったら、彼とは出会うことはない人生だった。

もちろんSGIPAに入ることもなく、今この大学にいることもなかった。

「さぁ、授業を始めるぞ。みんな席に着いて」

教卓に置かれたマイクのスイッチを入れた上條を、何気なく見つめる。すると目が合って、にこりと微笑まれた。

（偽物の笑顔なんか作っちゃって）

侑李はすっと視線を外すと、ペンケースをリュックから取り出した。

潜入調査に集中しなくては……と、気持ちを切り替えながら。


「初の潜入調査はどうだったぁ？」

大学で三限目まで授業を受けつつ、構内や学生の雰囲気を探ってきた侑李は、そのままＳＧＩＰＡに戻った。

すると、カフェスペースでお茶を飲んでいた榊に出迎えられる。

「大変でした。雰囲気に呑まれそうになって視界がぐるぐるしたし、あれだけ構内図を覚えたのに、迷子になりそうになってテンパったし……」

「あー……潜入あるあるだねぇ。でも上條くんが目的地で待っててくれたでしょ？」

「はい」

「上條くんはね、絶対に迷子にならないんだよぉ。だからパートナーをサポートして、いつも目的地で先に待っててくれるのぉ」

「絶対に迷子にならない……ですか？」

「そう、上条は『カメラアイ』の持ち主なんだ」

「カメラアイってなんですか？」

榊の隣でノートPCを叩いていた篠田の言葉に、侑李は首を傾げながら向かいに座った。

「『瞬間記憶能力』だよ。一度見たものを絶対に忘れない」

「そんな能力があるんですか？」

驚きに身を乗り出すと、榊が微笑んだ。

「そうだよぉ。だから一度見た地図とか現場とか、絶対に忘れないのぉ。それ以外にもね、上条くんは第六感がすっごく発達してて、僕らでは想像もできないことができるんだよぉ」

「第六感って……超能力とか？」

引き攣《っ》る頬で訊ねると、「そんな感じかもぉ」と榊は笑った。

「センチネルの能力ってね、個々によってすっごく異なるからぁ。枝島くんも上条くんに確認しておいた方がいいよぉ」

「別に……上条さんがどんな能力を持っていようと、僕には関係ないことですから」

「関係なくないよぉ。だって二人は運命の番でしょぉ？」

「運命の番っていったって、僕にはなんのメリットもありませんし。上条さんは僕の体液で回復するかもしれないけど、僕は回復するわけでもないし。余計に疲れる時だってあるし」

「枝島くぅん……」

そうだ。自分はただの餌で、捕食者の上條に体液を搾取されているだけなのだ。侑李はそう考えて自棄《やけ》気味に言い捨てた。

すると榊は悲しそうに眉毛をしょげさせる。

（あ、しまった！）

ガイドであることに不満を持っていた侑李は、つい無遠慮に愚痴ってしまったけど、同じくガイドである榊のことも傷つけてしまっただろうか？

慌ててフォローの言葉を探したが、次の瞬間、榊はにっこりと微笑んでくれた。

「まぁ、それはガイドなら一度は思うことだよぉ。でも、嬉しいでしょ？」

「嬉しい？」

「うん。好きな人や仲間のために力になれるって、それだけで自分の存在価値にならない？」

「存在価値……ですか？」

思ってもいなかったことを口にされ、侑李は目を瞬かせた。

「確かに僕らガイドは、隔離されて体液ばかりセンチネルに搾取されたり、世間から娼婦《しょうふ》のように言われて迫害された歴史もあるけど……でもね、誰かの役に立ててるんだって思うと、そういう生き方も悪くないかなぁって僕は思うんだよねぇ」

「榊さん」

「まぁ、あくまで個人の意見だけどねぇ。でも僕はガイドに生まれてよかったたって思ってるから、いつか枝島くんもそう思ってくれたら嬉しいなぁ」

「はぁ……」

侑李は「そうですね」と頷くことができなかった。

榊の言うことはわかる。

とても素晴らしい考え方だとも思う。

だけど、自分がそこまで高尚な奉仕の精神に辿り着くには、まだまだ時間がかかるだろう。

もしかしたら一生そんな気持ちにはなれないかもしれない。

「みんなでなに楽しそうに話し込んでんだ?」

「田治さん」

振り返ると、そこにはいつも以上にボサッとした田治が立っていた。

昨夜《ゆうべ》も情報分析のために泊まり込んでいたらしい彼は、目の下に濃い隈《くま》ができている。

「榊、悪いけど今いいか？」

「はぁい。大丈夫ですよぉ」

そう言って席を立った榊は、ヨレヨレの田治と連れ立って、カフェスペースから廊下へ出ていった。

田治はセンチネルだ。そして榊はガイド。

疲れ切ったセンチネルがガイドに求めることといえば、一つ。

きっと回復室へ向かったのだろう。

二人の付き合いは長いらしい。

番というわけではないそうだが、相性がいいのだろう。田治専用の回復係となって七年になると、以前榊から聞いたことがある。

ＳＧＩＰＡの職員はみな慣れっこなのか、回復室へ入っていく二人組を見てもなんともないようだが、配属されて間もない侑李は、見かけるたびにドキドキした。

あの防音の部屋の中で、何が行われているか？　身を以《もっ》て知っているからだ。

しかし、ガイドの人口はセンチネルに比べると少ないので、あぶれる者も出てくる。

だから一人のガイドが、二人、三人……と数人の回復係を受け持つこともよくあるらしい。もちろん話し合いの上、合意をしてのことだが。

あからさまに目で追ってしまったのだろう。篠田に小さく咳払《せきばら》いをされた。

「そんなにじろじろ見たら、失礼なんじゃないかな」

「……す、すみません」

「まぁ、枝島の気持ちもわからなくはないけど」

そう呟いた篠田のバース性を、聞いたことがないな……とふと思った。

しかしこれだけPCを使いこなし、情報分析に長け、頭の回転も速いのだから、間違いなくセンチネルだろう。

「――よう、初潜入でちびったりしなかったか？　マイハニー」

「はぁ？」

明らかにからかう口調の男を、侑李は思いきり睨みつけた。

上條だ。

大学の爽やかな准教授スタイルから、いつものダークスーツに着替えた男は、長い足を組みながら侑李の前に腰を下ろした。

「なんだ、枝島は初潜入でちびったんですか？」

「ちびってません！」

冷静な篠田の言葉に、思わず侑李は立ち上がって抗議する。

「それと、『マイハニー』とかわけわかんない呼び方しないでください！」

目じりを吊《つ》り上げて上條に言うと、うるさいとばかりに舌打ちされた。

「もういい加減認めろよ、俺ら運命の番なんだぜ？　夫婦も同然だろ？　これから籍入れに行くか？」

「冗談キツイです！」

なぜ上條は、こうも簡単に現状を受け入れているのだろう？　運命の番というだけで、出会って間もない人間に、ここまで好意を示すだろうか？

（やっぱり僕がガイドで、自分を回復させる存在だからだろうな）

それじゃあ、自分がガイドじゃなかったら、上條は見向きもしないんじゃないだろうか。

なんの取柄もない自分なんか。

「その顔」

「えっ？」

上條が唐突に侑李の顔を指差した。

「愁いを帯びたお前の顔が好きだ」

「はぁ⁉」

「二人でイチャイチャするんだったら、よそでやってくれませんか？　仕事の邪魔です」

盛大なため息をついた篠田に、上條が「わかったよ」と立ち上がる。

「ほら、侑李。回復室に行くぞ。俺は疲れてるんだ」

「だったら仮眠室で仮眠を取ればいいじゃないですか！」

「俺のガイドのくせにぐだぐだうるせぇよ。早く来い」

「ちょっと……！」

腕を摑まれ、引っ張られるようにして回復室の一室に放り込まれた侑李は、後ろ手に扉と鍵を閉めた上條を睨んだ。

身勝手にもほどがありませんか!?　怒りに任せ、そう口にしようとした時だ。

「今日はご苦労だったな。合格点だ。よく頑張った」

「……えっ？」

突然くしゃくしゃと頭を撫でられ、侑李は何が起きたのか理解できない。

「合格点って、僕、何もしてませんけど……」

「第一のミッションは、その場に馴染《なじ》むことだ。誰にも違和感を与えずよく溶け込んでた。上出来だ」

穏やかに目元を細められ、侑李の頰はカァッと赤くなった。

（か……上条さんが、僕を褒めてる？）

というか、デレているのでは？　と思うほど甘やかな瞳で見つめられ、一瞬恋人同士になったような感覚を覚える。

（い……いやいや！　僕と上条さんは、ただの餌と捕食者だから！）

侑李は必死に否定しようと、心の中で頭を左右に振る。

自分は運命の番などという言葉に、騙《だま》されないぞ！　と。

回復室は十畳ほどの広さがあった。

そこにはダブルベッドとソファーが置かれ、雰囲気はビジネスホテルの一室のようだ。

行為のあとに汗が流せるよう、ユニットバスも付いている。

この部屋は何度も使ったことがあるが、正直あまり好きではなかった。

自分と上条の立場を、強く意識させる場所だからだ。

しかし、今はほんの少しだけ心地良い場所に思えた。

上条が、手放しに褒めてくれたからだ。

まだまだだが、少しは同僚として対等になれた気がして、嬉しかった。

（僕って、知らないうちにこんなにも上条さんに劣等感を感じてたんだ……）

そんなことに、ハッと気づかされた。

もともとセンチネルは、この世界を動かす存在だ。

ヒエラルキーでいえば、まさしく頂点。

その下に凡人であるミュートがいて、最下層がガイドだ。

だからセンチネルの上條が、自分を褒めてくれることなどないだろうと、心のどこかで拗《す》ねていた。ミュートからガイドに後天した運命を恨みながら。

そっと取られた腕を引かれて、上條とベッドに腰かけた。

「その服装もいいな」

「あ……まだ着替えてなかった……」

グレーの大きめパーカーに、細身の黒いスキニージーンズを穿いていた侑李は、照れ臭い気持ちで自身のコンバースのつま先を見た。

こんなに上條に褒められたことなどなくて、どうしていいのかわからない。

できればいつものようにからかって、馬鹿にしてくれれば反発だってできるのに。

(ほんと、調子が狂う……)

「お前とはこれまで、共通の話題がなかったからな。仕事中も、俺は現場ばかりいたし、お前は研修中で庁舎から出ることもほとんどなかった」

「確かに……そうかもしれません」

だからか……と侑李は納得した。

上條は本当に喜んでくれているのだ。

自分と同じ現場で潜入調査を行った侑李と、共通の話題ができたと。

同じ現場で戦う戦友として侑李を認めてくれたのだ。

きっと上條は、仕事ができるかできないかで、相手の能力を判断するのだろう。

だからこれまで同じ現場に立ったことのない侑李を、どう評価していいのかわからなかったのかもしれない。

でも、今日潜入調査デビューを果たした侑李の、『凡庸』という周囲に溶け込む能力を高く評価してくれたらしい。

素直に嬉しいと思う。

しかし、認められるならもっと個性ある才能で認められたかった。

「また、明日も潜入調査頑張ります」

「あぁ、明日からは本格的に情報収集が始まるからな。気を引き締めて取りかかれよ」

「はい！」

ぽんと肩を叩かれ、やる気が出てきたぞ～っ！　と思った時だった。

「可愛い」

「は？」

真剣な目で唐突に呟かれ、侑李の頬が引き攣った。

「お前の私服姿、マジ可愛い」

「はぁ!?」

確かにいつも職場ではスーツを着ている。

タワーで己の能力を知り、管理する方法を学んでいた間も、日中はスーツで過ごしていた。

だから私服で上條とちゃんと向き合うのは、初めてかもしれない。

これまで見たことがないほど黒目に生気を漲らせ、上條は侑李をベッドに押し倒した。

「大学内で見た時も、可愛い学生がこっちに来るなぁと思ったんだよ。そうしたらお前だった」

「いやいやいやいやいや！　僕、もう可愛いなんて年じゃないんで！」

「どうして？　カミさんを可愛いと思うのに、年なんて関係ないだろう？」

「だから、僕はあなたのカミさんじゃありません！」

「じゃあ、『パートナー』か？」

「えっ？」

パートナーという響きに、侑李の胸はズキュンとなった。

そうか……と心の中で納得する。

自分はまだ無力で無知だけど、いつかは上條のように仕事をバリバリこなし、エースと呼ばれる彼の隣に並べるようになりたいのだ。

だから嫁だのカミさんだのと呼ばれるのではなく、彼と対等なパートナーという響きが一番心に響いた。

「バ……『バディ』とか？」

恥ずかしいと思いながら、興奮にあと押しされて自ら提案してみる。

昔大好きだった刑事ドラマでは、主人公二人が互いをこう呼び合っていた。

だからずっとこの言葉に憧《あこが》れていたのだ。

「それでもいいな。まぁ、お前がそばにいてくれるんなら俺はなんでもいいけど」

「じゃあ、今度から僕たちはバディですね！」

「わかったわかった。じゃあバディの初潜入を祝して、お前のザーメン飲ませろ」

「んんんーっ！」

（またそういうことを言う！）

両手首をベッドに押さえつけられ、侑李の抗議の声は上條の口内に呑み込まれてしまった。

「……はぁ、ん……」

歯列を割って入り込んできた舌は、迷わず侑李の舌を絡め取り吸い上げる。

舌先を甘噛みし、唇を少し離して、表面同士を意図的に擦り合わせた。

「あっ……ん」

ザラリと舌が触れ合った感触だけで、腰の奥がずくんと疼いた。

こんなことは嫌なのに、自分はもう上條のキスだけで反応する身体になってしまったのだ。

パーカーの中に手を入れられ、素肌に触れられる。

すぐに胸の尖《とが》りを捕らえられて、爪の先で弾かれた。

「ひゃ……」

ジンッ……と甘い痺《しび》れが全身を駆け抜け、否が応でも背中が撓る。

スキニージーンズに包まれた脚の間に上條の身体が入り、もう逃げることができない。

侑李は唇を貪られながら、すっかり立ち上がった乳首を捏《こ》ねるように刺激された。

「あっ……ふっ、あんっ」

キスの合間に、唇から嬌声《きょうせい》が漏れる。

見なくても、自分の乳首が赤く色づき、熟した茱萸《ぐみ》の実のようになっていることが、容易に想像できた。

上條に出会ってから、後孔への挿入は一度しかないけれど、それ以外のことは毎回のようにされてきた。

だからもう、自分の身体が上條の手技によってどのように変化するのか。嫌でも侑李は覚え込まされていたのだ。

「上條さ……もう、やだっ……」

「なに弱音吐いてんだよ。本番はこれからだろう？」

にやりと上條が意地悪く笑う。

その表情を、快感の涙で潤んだ目でキッと睨んだ。

しかしさすがセンチネルなだけあって、どんなに嫌いな男でも、整った美貌《びぼう》には毎回目を奪われる。

大きくパーカーを捲《めく》られて、尖った頂に吸いつかれた。

「あぁ……ん」

乳輪ごと強く吸引され、縋《すが》るように上條の頭を抱き込む。

すると舌先で乳首を転がされて、ズンズンと甘い熱が腰に蟠《わだかま》っていく。

「あ……ん、あぁ……かみじょ……さ……」

「セックスしてる時ぐらい、敦毅って呼べって言ってるだろ？」

（そんな恋人同士みたいな呼び方、するかバカ！）

心の中で悪態をつきながらも、侑李の性器はみるみる硬くなり、きついスキニージーンズの中で頭を擡《もた》げ始める。

（嫌だ、下着を汚したくないっ！）

いつも上條にいいようにされて勃起してしまう侑李は、先走りで下着が汚れ、事後に気持ち悪い思いをすることがよくあった。

慣れたガイドは着替え用の下着を個人ロッカーに常備しているらしいが、それでは自分が上條にこうされることを待っているみたいで、侑李は頑として下着の替えなどロッカーに常備していない。

「かみじょ……さ……下着、脱ぎたい……っ」

懇願すると、嬉しそうに笑われた。

「なんだ？　今日は積極的だな。侑李」

（そうじゃないんだよ、クソッ！）

再び心の中で悪態をついたが、背に腹は変えられない。

下着が濡れて、気持ち悪い思いをしながら一日過ごすか？　それとも乗り気だと誤解されてもいいから、下着を脱がしてもらってこのあと快適に過ごすか？

悔しいと地団駄を踏みたい気持ちだったが、侑李は後者を選んだ。

すると上條はなんの意地悪をすることもなく、すんなりとスキニージーンズのジッパーを下ろしてくれる。

そしてグレーのビキニごと脱がされて、下肢が楽になったのとともに少しスースーした。

自身もスーツのジャケットとワイシャツを脱ぎ捨て、上條はベッドの下に落とした。

何度見ても、惚れ惚れする筋肉のついた身体。

小さな傷跡がいくつかあることが気になるが、それは彼がセンチネルやガイドをたくさん守ってきた証《あかし》なのだろう。

膝裏に手を入れられ、内腿に口づけられる。

「ん……っ」

きゅっと吸われて、身体が跳ねた。

きっとそこには鬱血《うっけつ》の痕《あと》ができただろう。

最近、自分ではまったく気づかなかった鬱血の痕が、驚くほど増えた。

すべて上條の仕業なのだが、痕をつけるな、と言っても上條は聞かない。「これはマーキングだ」とむしろ堂々としたものだ。

さらに内腿《うちもも》に吸いつかれて、侑李は羞恥に顔を赤くしながら訴えた。

「だからもう！　キスマークは禁止です！」

「本当にうるさい奴だな。見えないところなら、いくらつけても大丈夫だろう？」

「そういう問題じゃありません！」

侑李が目を吊り上げると、上條が脚の間から覗いてきた。

「じゃあどういう問題なんだ？　まさかこんなところを、俺以外の誰かに見せてるんじゃないだろうな」

「……もし見せてるって言ったら、どうなるんですか？」

売り言葉に買い言葉で口走ってから、侑李は後悔した。上條の瞳が、剣呑《けんのん》な色に変わったからだ。

「ビッチなカミさんを調教し直さないとな」

上條だって、侑李が他のセンチネルに身体を開いているとは思っていないだろう。それは侑李を抱けばすぐにわかるはずだ。

男に不慣れな上に、面白いほど彼の手で快楽を教え込まれた身体は、毎日のように精液を搾取されて、他に使いたくても出ないほどだ。

その上、こんなにキスマークを身体中につけられては、人がいるところで迂闊《うかつ》に服も脱げない。

しかし上條は、侑李の後悔すら楽しむように脚のつけ根を強く抱き込むと、性器をゆっくりと口の中に収めた。

まるで見せつけるかのように。

「あっ！　んんぅ……！」

普段は優しい力加減で始めてくれるのに、今日は最初から強い力でフェラチオが始まり、侑李は驚きに目を見開いた。

しかも一番感じる先端を舌でグリグリと抉られて、痛いほどの快感が襲ってくる。

「やだ、上條さ……優しくして……っ」

「俺を怒らせるようなことを言うから悪いんだ。少しは反省しろ、可愛いカミさん」

「ひゃ……あっ」

すっかり潤んでいた蕾を撫でられ、そのまま指を挿入された。

しかも口淫は続けられていて、侑李は前と後ろから快楽の責め苦に遭う。

「やぁ……あっ、あぁ……気持ち、いい……あぁ」

内壁を指の腹で辿られ、熱を帯びた愉悦に脳髄が支配される。

しかも肉芯を根元から舐め上げられ、羞恥が一気に吹っ飛んだ。

快感だけを求めるように、侑李は大きく脚を広げ、上條の黒髪を強く握る。

「――ったく、うちのカミさんは淫乱だから困る。本当にこんなエロい姿、俺以外に見せんなよ」

「見せたりなんかしないからぁ……あんっ、もっとそこ……して……」

「んーここか？　ほらいっぱいしてやるから、もっと気持ち良くなれ」

「あぁ……んっ」

ふっくらとした前立腺《ぜんりつせん》を何度も押し上げられ、侑李の眦から涙が落ちる。指を増やされ、グチュグチュと卑猥《ひわい》な音が響くほど激しく指を抽挿された。

「ひっ……あぁん、やぁ、あぁぁ……」

きゅうっと腹筋が縮み、射精寸前のところで指を引き抜かれた。

「えっ……？　なん……で……ぇ」

ぐずりながら上條を見ると、彼はスラックスの前立てを開け、雄々しいペニスを摑みだした。

「やっぱ、プラン変更だ」

上條の言葉がわからず小首を傾げると、彼の瞳がさらに欲情に濡れた。

「今日もフェラだけで終わらせるつもりだったけど、侑李が可愛すぎるから最後までする」

「……えっ？」

熱に蕩けた頭で言葉を理解する間に、後孔に長大な雄の切っ先をあてがわれた。

「や……っ」

逃げを打つ身体を捕まえられ、そのまま一気に貫かれた。

「あぁぁぁ……っ！」

痛みこそなかったが、内臓を圧迫される苦しさに侑李は上体を仰《の》け反《ぞ》らせた。

「くっ……やっぱり狭いな」

眉間に皺を寄せた上條は、侑李の右足を肩にかけながら、「息をしろ」と言ってきた。

上條の熱に侵入されて、呼吸すら忘れていた侑李は、ハッ……と大きく息を吐き出す。

途端、上條がゆったりとしたストロークで腰を動かし、侑李は甘い快感の波に呑み込まれた。

「やぁ……っ」

「どこが嫌なんだ？　ん？　こんなにキュウキュウ絞めつけやがって……ってかお前ん中、本当に気持ちがいいよな」

感心する上條の言葉も、今の侑李には聞こえない。

とにかく腹の中が熱くて、いっぱいで、そして気持ちが良くて——。

侑李はシーツを強く握り締めながら、緩く頭を左右に振った。

「あぁ……ダメ、壊れちゃう……」

ズッズッ……と抽挿を繰り返され、内壁を猛《たけ》ったもので擦られる刺激に、ペニスからとろとろと先走りが溢れ出す。

「壊れたりしないから安心しろ。大事な侑李を、壊したりなんか絶対にしねぇ」

ぐっと圧しかかられ、挿入角度が深くなる。

「あぁ……っ」

上條の切っ先で腸壁を突かれて、堪らず侑李は上へとずり上がった。

しかし、その身体を引き戻され、さらに奥へと腰を突き入れられる。

「ひっ……あぁぁ！」

一番深い場所を上條に何度も貫かれて、ずしっと重い淫楽の塊を、腹の奥に呑み込まされている感覚を味わう。

「あん……あぁっ、あぁ……ん」

けれどもその苦しさも、今は快感でしかない。

理性などとうに吹き飛んでいた侑李は、「もっともっと……」と上條に腰を擦りつけた。

「ずいぶんと積極的だな」

耳元で笑われたが、そんなことも気にならなかった。

「いいぜ、侑李。セックスに積極的な奴は大好きだ」

上條は自らも下半身を押しつけて、激しく腰を動かし出す。

「ひゃ……あん、あっ」

陰毛が擦れ合う感覚も歓喜を呼び、侑李はさらに行為に没頭していく。

同時に上條の硬い腹に淫茎も擦られて、堪らなく気持ちが良かった。

「だめ、奥……グリグリしない、で……ぇ」

深く抱き込まれ、凶器のような切っ先で腸壁を何度も刺激された。

「グリグリされて感じてるんだろう？　だったらもっと味わえよ」

「やだぁ！　……あぁぁん」

上半身を起こした上條に激しくペニスを扱かれ、目の前がチカチカした。

それと同じくして浅く引き抜かれた猛りで前立腺を刺激され、侑李の口から悲鳴のような声が上がる。

「あぁぁ……っ！」

その時だ。抑圧されていたマグマが噴き出すように、侑李は勢いよく射精した。

「うっ……」

すると上條の雄を後孔できつく締めつけてしまい、不意打ちのような形で上條が体内で精を放った。

「あぁ……」

その感覚に身体が震える。しかしこの震えは、嫌悪ではなく確かに悦びを伴っていた。

射精後の脱力感で身体を投げ出していると、眦から零れた涙を上條に舐め取られた。

しかも恋人同士のように甘いキスをたっぷりと施され、とろんとした気持ちになる。

すると隣に寝ころんだ上條に、前髪を優しくかき上げられた。

汗で張りついていた髪がなくなって、侑李は心もスッキリとした。

上條も上向きに寝ころぶと、自身の黒髪をかき上げる。

「本当に俺たちは、身体の相性がいいな……」

しみじみとした上條の言葉に、侑李は反論したくて堪らなかったが、今は身体が怠《だる》くて口を動かすのも億劫《おっくう》だった。

3

当初、侑李はタワーで教育を受けると人格改造を行われ、普通の人としてもう生きてはいけないのでは、と怯《おび》えていた。

しかし実際は、センチネルとガイドの基本的な知識と、ガイドとしての能力の管理の仕方を二週間にわたって教わっただけで、人格や性格についての調教は何も行われなかった。

（タワーに入ると、人格が変わるほど教育されるなんて、嘘だったんだなぁ）

改めて思いながら、侑李は最近通い慣れたタワーを見上げた。

しかし、幼い頃からタワーで教育を受けるセンチネルに関してはわからないなぁ……とも思う。何かよからぬ調教を受けて、上條のように性格が歪んでしまうのかもしれない。

（でも、あんなに身勝手な性格をしたセンチネルって、上條さんぐらいだよなぁ）

職場の同僚のセンチネルの顔を思い出しながら、侑李は首を捻《ひね》った。

中には偉そうな態度を取るセンチネルもいるが、それも上條の傲慢さに比べたら可愛いものだ。

高速エレベーターに乗り込むと、あっという間にカウンセリング室のあるフロアーに着いた。

今日は蒼井による、カウンセリングの日だ。

だから侑李は仕事を半日休んで、ひと月ぶりにタワーへやってきた。

カウンセリング室はホワイトを基調とした家具でまとめられ、いつ来ても清潔で爽やかな印象だ。

蒼井のバックに見える景色は、今日も都会の高層ビル群だったが、それでもここはかなりの高さがあるので、新宿御苑《しんじゅくぎょえん》の緑が臨めて気分はいい。

「お仕事には慣れましたか？」

向かいのソファーに座った蒼井の言葉に、侑李は大きく頷いた。

「はい。職場もいい人ばかりでだいぶ慣れてきました。今は責任ある仕事も任されて、とても充実しています」

「そうですか。それはよかった」

柔らかな蒼井の笑顔に癒されながら、侑李は出されたアイスティーに口をつけた。

「それで、上條さんとはその後どうですか？」

「……ブッ」

不意に上條の名を出され、侑李は盛大にアイスティーを噴き出してしまった。

「だ、大丈夫ですか？　枝島さん」

慌てた蒼井にティッシュケースを差し出され、侑李は咳《せ》き込みながらそれを受け取る。

——慶和大学に潜入して一週間。

仕事は着実にこなし、成果もみられているが、上條との関係は相変わらず『喰う者』と『喰われる者』といった感じだった。

初めてタワーで会った時から何か変わったか？　と訊かれても、侑李の口からはまったく変わってません！　としか言えなかった。

（むしろ、もっと複雑になったかも……）

そう思って吐息する。

先日、少し遅くなったけれど……と、榊たちが歓迎会を開いてくれた。

侑李は一度地元の市役所に入所し、それからSGIPAに再配属になったので、すっかり歓送迎会の時期に乗り遅れてしまったのだ。

だから仕事が比較的少ない日を選んで、料理が美味いと評判の焼き鳥屋で歓迎会を開いてくれたのだが……そこで侑李は、まんまと上條の罠《わな》にかかった。

侑李は十代のような童顔だが、酒が好きだ。

その話を皆にすると、上條に「どちらが強いか比べてみるか？」などと言葉巧みに焚《た》きつけられ、侑李は日本酒がどれだけ飲めるか、彼と競ってしまったのだ。

（上條さんが究極のザルだなんて、聞いてないよ！）

二人で一升瓶を三本も空けたというのに、上條はけろりとしていて、侑李は完全に潰《つぶ》れた。

そして家まで送ってやると言われ、素直に住所を教えてしまったのだ。

（あれは完璧に嵌《は》められたな……）

侑李が一人暮らしをしているマンションを知ってからというもの、上條は毎日のように泊まりに来るようになった。

その理由は、もちろん侑李の体液を摂取するため。

昨日など、一緒に風呂《ふろ》まで入ってしまった。

「枝島さん。顔が真っ赤ですけど、どうしました？」

アイスティーを噴き出したかと思えば、今度は一人で赤面している侑李は、きっと情緒不安定に見えただろう。

しかし、昨日風呂場で行われたあれこれを思い出し、思わず顔が赤くなってしまったのだ。

「い……いえ、なんでもありません。カウンセリングを続けてください」

「はい……」

不安そうに眉を下げていた蒼井に頼んで、先に進めてもらうよう促すと、この日のカウンセリングも平穏無事に終わった。

「では、また一カ月後にタワーまでお越しくださいね。予約を入れておきますから」

「はい、ありがとうございます」

一時間ほど蒼井と話して、侑李の心も落ち着きスッキリした。

最初はカウンセリングなんて必要ないと思っていたが、こうして定期的に人に心の内を話せると、やはり精神的に良いようだった。

「それでは」と蒼井に別れを告げ、エレベーターに乗り込んだ。

今日はタワーに人が少ないのか。かごの中には侑李一人だけだった。

遠くに雨雲が見え、折り畳み傘を持ってくるのを忘れた、と思った時だ。

ふっと二十一階でエレベーターが止まり、スーツ姿の男性が乗り込んできた。

「ゲッ！　上條さん⁉」

「あぁ？　『ゲッ』てなんだよ。将来の旦那《だんな》に対して」

「だからあなたは将来の旦那さんでもないし、僕は将来のカミさんでもありません！」

「そんなに意地張んなって。昨日の夜、風呂場であんなに愛し合っただろ？」

「あ、愛し合ってません！」

侑李は耳まで真っ赤になって否定したが、本心では否定しきれないところがあった。

確かに、昨夜の自分たちを傍《はた》から見たら、それはそれは仲睦《なかむつ》まじい恋人同士に見えただろう。

それぐらいセックスに燃えてしまった自覚はあったが、あれは上條が作った雰囲気に呑まれてしまっただけで、決して侑李の本心ではない。

「で、上條さんはどうしてここに？」

咳払いして心を落ち着けて問うと、

「昨日はお前んちに泊まっちまったからな。午後出社に合わせて着替えに来た」

「あぁ……」

そうだったのか、と侑李は納得する。

上條は少し変わっていて（いや、相当変わり者なのだが）、タワーでの教育が終了しているにもかかわらず、「引っ越すのが面倒臭い」という理由だけで、ここに住み続けている。

本来ならそんなことは許されないのだが、そこは元厚生労働大臣福本是治の秘蔵っ子だ。

タワー内では優遇されているらしい。

「もう今日は家に帰るんだろう？　庁舎に行く前に車で送ってやるよ」

「子どもじゃないんで大丈夫です」

「だからそうやってツンケンすんなよ。可愛すぎて犯したくなんだろ」

一階でエレベーターを降りようとすると、有無も言わさずドアを閉められ、そのまま地下駐車場まで連れていかれた。

そして仕方なく上條の愛車である、黒のＢＭＷ－Ｚ４に乗り込む。

（通勤にＢＭＷ使ってる公務員って、どんだけだよ）

侑李は免許は持っていても車には興味がないのでよくわからないが、ＢＭＷが高級車であることは知っている。

少し硬い革張りのシートは乗り心地が良く、カウンセリング室のソファーよりも寛《くつろ》げると、シートベルトを締めてからホッと息をつく。

そして地下駐車場を出ると、外はもう雨が降っていた。

（もしかして、上條さん。僕が雨に濡れないように車で送ってくれたとか？）

確かに玄関に折り畳み傘を忘れてきてしまったが、そんなことに上條が気づくはずはない。

（あっ！）

でも……と侑李は考えを改める。

上條はカメラアイの持ち主だと言っていた。

だからもしかしなくても、侑李の折り畳み傘が今朝、玄関に置きっぱなしになっていたことに気づいたのかもしれない。

「あ……ありがとうございます」

「突然どうした？」

ハンドルを握る端整な横顔に話しかけた。

「その……僕が折り畳み傘を忘れたこと、知ってたんですよね？　だから車で送ってやるって……」

「まぁ、気づいてたけど。でもお前が折り畳み傘を持ってたとしても、車で送ってやってたぞ」

「どうして？」

「少しでも、お前と一緒にいたいから」

ドキンと大きく心臓が鳴った。

（そ、そんな優しい顔で「一緒にいたい」なんて言われたら、また騙されちゃうじゃないか！）

慌てて上條から視線を外すと、侑李は真っ赤になった顔を見られないよう、窓の外へ目をやった。

まだ心臓がバクバクと鳴っている。

「鎮まれ！」と思うが、自分の意志とは別のところで動く臓器は、言うことを聞いてくれない。

外が雨でよかったと、本当に思う。

そうでなければきっと、静かな車内に響いた自分の心音を、上條に聞かれてしまったかもしれないからだ。

雨に濡れた都会は、どこかいつも灰色だ。

何もかもが冷たくて、寂しげに映る。

普段はなんとも思わないのに、今だけはとても悲しい街に見えた。

だから、上條がそばにいてくれてよかったと、素直に思った。

彼がいれば、自分は孤独じゃない。

そう思うぐらいまでには、心の中に上條が浸透していた。

◆◆◆

慶和大学、潜入調査八日目。

日本史概要の授業を受けるべく、新校舎棟の中教室で授業が始まるのを待っていた時だ。

「ねぇ、君。一年生？」

不意に声をかけられ、侑李は隣を振り返った。

「そう……だけど。なんでそんなこと訊くの？」

今日も大学一年生に扮した侑李は、何気ないふうを装って訊ねた。老けている、と言われるのではないかと、内心ドキドキしながら。

「いや、同じ教科取ってることが多いなぁと思って気になってたんだけど。でも春のガイダンスの時にいたっけ？」

「いや、僕は編入組なんだ。前いた大学がなんか違うなぁって思って。五月に編入試験受けて、先週から慶和に通ってる」

「そうだったんだ」

整った顔にシルバーフレームのメガネをかけた男は、人懐こい笑みを侑李に向けた。自分も一年生だと言いながら。

「でもダブりなんだけどね」

「えっ？　どうして？」

「去年の夏に交通事故に遭ってさ。長期入院で単位取れなくて。ほんと、最悪」

「えー……そうだったんだ。それはお気の毒に」

同情を示すと、苦笑いした彼は睫毛の長い目元を優しく細めた。

「俺の名前は大石和明《おおいしかずあき》。君の名前は？」

「あ、枝島侑李……」

この大学に来て、学生同士で自己紹介するのは初めてだな……と、ふと思う。

「じゃあ、侑李って呼んでもいいかな？」

「うん、いいけど」

「よかったぁ。侑李のことずっと気になってて、友達になりたいって思ってたからさ。俺のことは和明って呼んでよ」

「和、明……」

「そ、今日からよろしくね！」

どうやら友達ができたらしいと侑李は思った。

情報収集するため、その授業の時だけ会話を交わす学生は数名いるが、こうやって好意的で、「友達になりたい」などと言われたのは初めてだ。

（なんだろう、このくすぐったい感覚）

仕事抜きの友達ができるなんて久しぶりで、尻がもじもじした。

これが青春というヤツか……と思いながら、隣に座った和明とラインの交換をする。

「俺も一年だけど、わからないことがあったらなんでも聞いてよ。一応ここに二年はいるからさ」

あはは……と自嘲《じちょう》的に笑った和明に、侑李も笑った。

すると教授が教室に入ってきて、二人は笑いを共有したまま授業に入る。

潜入とはいえ、学生生活も楽しいかもしれないと思いながら、侑李は教科書を開いた。


「ずいぶん遅いお帰りだな」

大学近くのファミレスで和明と夕飯を取り、軽い足取りで自宅へ帰ると、自宅マンションの扉の前で上條が待っていた。

「……どうしてあなたがここにいるんですか？」

思わず目が据わってしまった侑李に、上條は不機嫌面で答える。

「合鍵がないから、部屋の前までしか来られなかったんだよ」

「そういう問題じゃありません」

侑李の家は確かにオートロック式なので、一階のエントランスを抜け、三階の侑李の部屋の前にいるのはおかしい。しかし上條のことなので、何か上手くやってエントランスを抜けたのだろう。

「じゃあ、なんだ？　ピッキングしてお前の部屋の中で待ってればよかったか？」

そう言うと、上條はスーツの内ポケットからピッキング用の鍵を取り出した。

「ちょ……！　そんなことしたら警察呼びますからね！」

「だったら早く合鍵渡せよーっ！　不便で仕方がねぇだろー！」

突然上條が大声を上げたのでびっくりして周囲を見回すと、同じフロアーの住人がエレベーターから降りてきたところで、いかにも嫌そうに眉間に皺を寄せて、二人の脇を通り過ぎていった。

（くそぅ……）

このまま上條を野放しにしておいたら、いつかマンションの管理会社に苦情が行って、住まいを追い出される。

そう思った侑李はさっさと家の鍵を開けると、上條の身体を押し込めて、チェーンまでかけた。

「嫌がらせするの、やめてもらえませんか？」

「嫌がらせなんかしてねぇし。ただ合鍵渡せって言っただけだろう？」

「やってることがヤクザと変わんないんですけど！」

侑李は大きくため息をつくと、自分のキーケースについていた部屋の合鍵を上條に差し出した。

「無断で合鍵作られたら気持ち悪いんで渡しますけど……絶対に変なことに使わないでくださいよ！」

「変なことって？」

さっさと鍵をポケットにしまった上條は嬉しそうで、侑李もまんざらでもない気持ちになってしまう。

しかしここで甘い顔を見せてはいけないと、侑李は咳払いを一つするとしかつめらしい顔をした。

「そうですね。例えば冷蔵庫を勝手に開けて料理を作るとか、ベッドでゴロゴロしながら枕《まくら》の匂《にお》いを嗅《か》ぐとか。あ！　タンスを開けて下着漁《あさ》ったら、これも警察行きですからね！」

「なんだよ、俺がしようとしてたこと全部ダメかよ」

「上條さん⁉」

本気か冗談かわからない言葉を残して、上條は我が家のように侑李の部屋へ上がり込んだ。

侑李の部屋は１ＬＤＫの造りだ。

そこまで広くもないが、狭くもないのでとても居心地がよく、大学生の頃からここに住み続けている。

スーツのジャケットを脱ぐと、上條は当たり前のようにリビングのソファーに腰を下ろした。

テレビを点《つ》けてニュースまで観ている。

この様子に嘆息しながら、侑李は寝室で部屋着に着替えた。

そして仕方なく上條の隣に座る。

一人暮らしの部屋には、二人用のソファーが一つしかないからだ。

「……なんか収穫はあったか？」

不意に訊ねられ、侑李は横に首を振った。

「別段と。上條さんの方はどうですか？」

「今日は四人目の被害者、赤池翔太に会った。事件後初めて大学に来たそうだ」

「えっ？　もう登校してきたんですか！」

「あぁ。複数人にレイプされたといっても、ひどい怪我を負わされたわけじゃないからな。それに赤池は自分で犯人についていったと主張しているから、心の傷も深くないのかもしれない」

友達と楽しそうに談笑してたぞ、と准教授の視点から得た情報をつけ加え、上條はテレビのリモコンをローテーブルの上に置いた。

「でも……犯人と思しき男の手がかりは、まだないんですよね」

「四人とも、犯人については頑《かたく》なに黙秘してるからな。一体何がそうさせているんだ？恐怖か？」

腕を組んだ上條に、侑李はふっと思いついたことを口にした。

「愛……とか？」

「愛？」

この言葉に、上條の瞳が鋭く光った気がした。

（しまった！　犯人への愛だなんて、変なこと言っちゃった？）

　上條にまた馬鹿にされる！　と覚悟したが、こちらを振り返った彼はまったく別のことを口にした。

「っていうか、今日一緒にいた奴とはどういう関係だ？」

「は？」

「ずいぶんと仲良さげだったな。今日は直行直帰だったのをいいことに、帰ってくるまでずっと一緒にいたのか？」

「う……っ」

　上條は目を据わらせ、恋人の不貞を詰《なじ》るように顔を近づけてきた。その分侑李は後方へ逃げる。

「べ……別に僕が誰と何をしようと、捜査に支障をきたさなければ自由なはずです！」

「大石和明、文学部一年、二十歳《はたち》。千葉県出身、バース性はセンチネル。昨年の夏にトラックと接触事故を起こして、半年休学しているな」

「ど、どうしてそれを？」

　驚いて身を乗り出すと、フンッと鼻を鳴らされた。

「在校生の顔と名前は全部覚えている。大石については少し調べた。お前に変な虫がつかないようにな」

「全部覚えてるんですか⁉」

驚きに思わず声が裏返ってしまった。

何千といる学生の顔と名前を覚えるなんて、人間業じゃない。

やはり上條はカメラアイの持ち主なのだ。

「そんなことは今はどうでもいい。それより大石とはどういう関係だ？　昨日まではつるんでなかったよな」

「上條さんは僕のストーカーですか？」

思いっきり眉間に皺を寄せると、

「時に愛は人を暴走させるんだよ。これ以上俺を変にさせたくなかったら、素直に全部話せ」

「自分が変だって自覚はあるんですね」

侑李の言葉を上條は否定も肯定もしなかった。

「そうですよ。今日、日本史概要の授業で声をかけられて。とてもいい奴だったので友達になりました」

「友達？」

「情報収集するのに、友達は一人でも多い方がいいでしょ？」

「お前がガイドだって気づいて近づいたのかもしれないぞ？　センチネルはガイドに対して鼻が利くからな」

「和明はそんな奴じゃないです。純粋に僕のことが気になったみたいです」

「どうだかな」

盛大なため息とともに背凭《せもた》れに身体を預けると、上條はむすっと黙り込んでしまった。

（も……もしかしなくても、これって拗ねてる？）

侑李は、これまで見たこともない上條の様子にビクビクした。

ニュース番組の音だけが、リビングに響く。

上條と一緒にいるのは不本意だったが、ここまで気まずい空気が流れたことはなかった。

そういう意味では、自分たちはとても気楽だったかもしれない。

出会った日から、空気のように自然と一緒にいられたのだ。

「あの、上條さん……？」

「なんだ？」

返事はしてくれるものの、こちらを一切見ようともしない。

（子どもか、あんたは！）

心の中で苛立《いらだ》ったが、この雰囲気では声を荒らげることもできなかった。

(なんだよ！　友達作るのも、いちいち上條さんの許可が必要なのかよ！)

そう思うと腹も立ったが、もし自分に恋人がいて、その恋人が自分の知らない男と一緒に歩いているところを目撃したら、気になるだろう。

嫉妬のあまり、詰め寄ってしまうかもしれない。

(まぁ……上條さんの気持ちもわからなくもないけど)

この人は自分のことが本当に好きなんだな……と思う。

すると、胸がきゅーんとした。

別に上條のことは好きではないけど、誰かに慕われるのは嫌じゃない。

しかも上條は、性格を抜きにすればスパダリ級の男だ。

そんな彼が自分の言動で一喜一憂するのだから、侑李だってつい優越感を覚えてしまう。

改めて考え直し、ちょこっとだけご機嫌伺いに出た。

「上條さーん」

「…………」

「ねぇ。上條さんってば」

「…………」

本格的にむくれてしまったのか、もう返事もしてくれなかった。

（めんどくさい男だな～っ！）

浮かべた笑顔が引き攣りそうになったけれど、侑李はそっと上條の膝の上に手を置いてみた。

こんな媚《こ》びたことができるなんて自分でも思わなかったが、上條相手なら不思議とできた。

すると上條は、ちらりと視線だけをこちらにくれた。

（やった！　こっち見たぞ！）

ここぞとばかりに微笑んでやると、ぽつり……と上條が呟いた。

「……たら、許してやるよ」

「えっ？　何？」

聞き取れなくて首を傾げると、今度は不遜《ふそん》な態度で言い放たれた。

「遊園地デートしてくれたら、許してやってもいいぞ」

「はぁ？」

「――で、侑李はその子と遊園地デートすることにしたの？」

昼も過ぎた構内のカフェテリアで、和明は興味津々とばかりに目を輝かせている。

「あー……うん、まぁ……泣かれても困るしさ」

昨日の出来事を、上條を『架空の女の子』に置き換えてそれとなく話した侑李は、アイスコーヒーを一口啜《すす》った。

そうでもしないと、心の中が整理できなかったのだ。

（だって、あの俺様上條さんが遊園地デートって！）

ダークスーツをビシッと着込み、誰も寄せつけないオーラを纏った上條は、一人でバーカウンターに座ってウィスキーでも嗜《たしな》んでいる方が似合う。

それなのに遊園地だなんて……しかも、大きなネズミがいるあの場所がいいと指定までしてきた。

「でも楽しそうだなぁ。俺もそのデートにお邪魔しちゃおうかな？」

「えっ⁉」

向かいの席で頬杖をつき、にっこりと微笑んだ和明に冷や汗が流れる。

「いやいやいやいや！　きっと楽しくないよ！　その子、すっごく女王様な性格だし、愛想も全然ないし、絶対に楽しくない！」

　全力で否定すると、和明が声を上げて笑った。

「侑李って本当に面白いよね。そんな変わった子とデートしてあげるの？」

「……だよね。傍から見たらなんでって思うよね」

「いや、いいと思うよ。それが侑李の優しさなんだと思う。俺も好きになっちゃいそう」

「えっ？　……あ、ありがとう……」

　さらに笑んだ和明の言葉に、思わずドキリとしてしまう。

　和明もセンチネルなだけあって、とても美しい顔をしていた。

　女性的な美しさではなく、男性的な艶《つや》やかな色気だ。

　特に切れ長で涼しげな目元で流し目などされたら、どんな人間でもイチコロだろう。

「好きになっちゃいそう」などと褒められて、侑李は赤くなった顔を隠すように、もう一口アイスコーヒーを飲んだ。

「そういえば、和明は彼女とかいないの？」

　ふっと思いついた言葉を口にしてから、侑李は不躾《ぶしつけ》だったかと思う。

　しかし和明は気分を害したふうもなく肩を竦《すく》めた。

「ぜーんぜん。俺、よく遊んでるふうに言われるんだけど。こう見えて童貞だから」

「マジで⁉」

思わず大きな声が出て、侑李は慌てて声を潜めた。

「えっ？　めっちゃモテそうなんだけど」

「なんか、向こうからグイグイこられると冷めちゃうんだよね。俺は自分でグイグイいきたいタイプだから」

「そうなんだ」

恋愛観って人それぞれなんだな……と改めて思っていると、侑李と和明の隣に二人の学生が腰を下ろした。

「なに話してんの？　すっげぇでかい声聞こえたんだけど」

「あぁ。侑李がね、俺が童貞だって言ったら驚いたんだよ」

「その話かぁ。まぁ、俺も初めて聞いた時はビビったけどね」

「俺も～」

この人懐こい学生たちは和明の友達らしい。

和明はとても社交的で友人がたくさんいる。

昨年度仲が良かったのだろう二年生にも知り合いが多くて、一緒に歩いているといろんな人に声をかけられた。

よって一緒にいる侑李も、この二日間でだいぶ知り合いが増えた。

みな侑李のことは気になっていたらしく、「話してみたかった」とか「声をかけようか悩んでいた」などと言ってくれて、じんわりと心が温かくなった。

潜入調査とはいえ、すっかり学生ライフを満喫してしまっている。

しかし、侑李だって仕事は忘れていない。

なんとか赤池翔太に繋がる人脈はないかと、様子を窺っているところだ。

もちろんこちらから赤池に接触してもいいのだが、彼は二年生なので、一年生の設定である自分から声をかけるのは、少し不自然な気がした。

それ以外にも、一年生のガイドに対して不審な行動を取っている学生はいないか、目を光らせている。

どの学生がガイドなのかは、事前に大学からリストを入手していた。

上條のようなカメラアイは持っていないので、スマホの中に各学科の学生の写真付きデータを入れているのだが、ガイドはそもそも数が少ないので、なんとか侑李でも人物を特定することができた。

しかもおとり作戦とばかりに、隙があれば「自分はガイドだ」と自ら言って回っているのだが、これといった怪しい人物も近づいてこない。

(ちょっと行き詰まりを感じてるかも……)

友人たちと話す笑顔の和明を見ながら、ぼんやり思った時だった。

「そういえば、枝島ってガイドなんだろ?」

和明の隣に座っていた男子学生が、少しぎらつきのある目で見てきた。

「うん、そうだけど……」

「俺さぁ、この間ガイドだった彼女と別れちゃって、回復すんのマジ手間取ってんだよね。よかったら俺と付き合ってくんない?」

「えっ?」

「ふざけんなよ。そんな簡単な理由で、俺の大事な侑李に手を出すな」

和明が、柔和だがハッキリとした口調で間に入ってくれた。

「だってさぁ、『ガイクラ』に行くと高い金取られんじゃん。だったら彼女とか彼氏をガイドにした方がよくね?」

あぁ……と侑李は思う。

こういう傲慢な考え方は、センチネルらしいなと。

よく見れば和明の隣に座っている青年も見目が良い。

見目が良いのがセンチネルの特徴だ。

ちなみにガイクラとは、『ガイドクラブ』の略で、ガイドのみが接待する性風俗の店をいう。

合法な店なのだが、昨今はガイドの人権を守る団体や政治家の活動によって、店舗数は激減していた。

しかし、ガイドクラブは未成年者の利用はできないはずだが、どうやらこの青年は年齢を偽って利用しているようだ。

客が未成年だとわかっていても、入店させる違法店はある。

それも社会問題になっているのだが、網の目を潜るように、そういう店はなかなかなくならないのだ。

結局この話は和明が再び青年を諭してくれたことで終わったけれど、青年は去り際にも「もう一度考えておいてよ」と、侑李に言い残していった。

「ごめんな、侑李。不快な思いをさせて。あいつ、根は悪い奴じゃないんだけど」

友人たちが去ったあと、和明が悲痛な表情で謝ってきた。その表情は侑李よりも傷ついているようで、こちらの方が申し訳なくなる。

「大丈夫だよ！　世の中いろんな考え方の人がいるし……確かにちょっと驚いたけど、僕は大丈夫。いい社会勉強になった気がする」

これは本音だった。

自分が後天性ガイドだと知ってから、こんなふうに迫られたのは初めてだったからだ。だから典型的なセンチネルの、傲慢且つ合理的な考え方を持つ青年に出会って、「本当にこんなことをストレートに言う人がいるんだ」と、興味深かったほどだ。

あまりにも無遠慮すぎて、現実感がなかったともいうが。

「そう言ってもらえてよかった。でもセンチネルが全員ああいう考えじゃないから。もっともっと、ガイドのことを大事に思ってる人もたくさんいるから」

「うん」

和明の言葉に大きく頷くと、ホッとしたように彼は微笑んでくれた。

（ほんと、和明っていい奴だよなぁ）

遊園地デートしないと許さないなどと自分を脅迫した、どこかの誰かさんとは大違いだ、と思いながら、侑李は和明の優しい笑顔に癒されたのだった。

待ち合わせ場所は侑李の家の前だった。

遊園地の開園時間とともに入園したいという上條の我《わ》が儘《まま》に付き合うべく、侑李は今日、朝の五時に起きた。

上條が車で迎えに来てくれるのは八時なので、ギリギリまで寝ていてもよかったのだが、早い話が眠れなかったのだ。

だって、あの上條と遊園地に行くなんて想像がつかなかったから。

彼は一体どんな顔して空飛ぶダンボに乗ったり、ジャングルクルーズを楽しんだりするのだろう？

それに、上條の私服姿も見たことがない。

准教授姿の彼は毎日のように見ているが、あれはコスプレのようなもので、上條の本当の私服姿ではない。

シンプルなモノトーンコーデなのかな？　とか、意外と原色が好きなのかな？　など。

そんなことを考えていたら結局眠れず、侑李は仕方なくベッドから出た。本当は、上條の我が儘など関係なかった。

侑李は一番無難で、上條が好みそうな服を選んだ。

白に紺色のボーダーが入ったTシャツに、同じく紺色のカーディガン。それにワンウォッシュのスキニーデニムとビットローファーを選んだ。鞄は使い慣れた無地のトートバッグだ。

どうして上條が好みそうな服を選んでしまったのか？　自分でもわからないが、昨夜から急にソワソワが止まらなくなって、服選びに二時間もかかってしまった。

それに髪形はどうしよう？　と今更ながらに悩んでしまったり、下着も新しいものを着けていった方がいいのかな？　など、「これじゃあ本当に、初デートする彼氏の心境じゃないか！」と懊悩《おうのう》して、結局このコーディネートになった。

下着も偶然だが新しいものを着てきた。あくまで偶然だ。

八時より十分も早く部屋を出て、マンションのエントランスを潜ると、そこには見慣れたＢＭＷ－Ｚ４がいた。

「はやっ！」

思わず一人で叫んで駆け寄ると、運転席では上條がスマホを弄っている。

「上條さん」

呼びかけながら助手席の扉をノックすると、顔を上げた上條が腕を伸ばして内側から扉を開けてくれた。

「まだ待ち合わせ十分前なのに、早いですね」

乗り込みながら訊ねると、「道が空《す》いてた」とそっけない返事が返ってきた。

黒のテーラードジャケットに白いVネックTシャツ、そして深いオリーブ色のチノパンを穿いた上條は、いつもの雰囲気より少し砕けた感じがして、侑李は再びソワソワした。なぜか口元が緩んでしまう。

(潜入調査中の准教授スタイルより、僕はこっちの上條さんが好きだな)

そんなことを思って微笑んでから、侑李は慌てて頭を振って考えを打ち消した。

(好きってなんだよ、好きって！)

一瞬でも上條に好意を抱いてしまった自分に、頬を赤くしながら冷や汗をかいていると、上條が複雑な顔でこちらを見てきた。

「お前、朝からなに百面相してるんだ？」

「し、してませんよ！　ほら、早く遊園地に行きましょう！」

侑李の言葉で動き出した車は、土曜の朝の高速道路を快適に走った。

上條が言っていた通り、道は空いていて、想定よりも早く遊園地に着いた。

「今日はいいお天気でよかったですね」

「晴れ男なんだ、俺」

開園前の列に並んでいると、なんでもないふうに上條が言った。

「へぇ、そうなんだ」

（晴れ男なんて、迷信みたいなことも信じてるんだなぁ。上條さんって）

そう思うと、ちょっと彼が可愛く思えてしまう。

普段の仕事ぶりを見ていると相当リアリストなのに、一歩仕事から離れると上條はロマンチストだ。

何せ一目惚れなどという奇跡を信じて、ここまで自分のことを愛してくれるのだから。

（その魔法も、いつかは解けてしまうのかなぁ）

一目惚れという奇跡など信じていない侑李は、上條が自分から興味を失ったら寂しくなるだろうな……と、ふっと思った。

なぜだかわからないけれど、このほの暗い感情は時々現れて、侑李を悲しい気持ちにさせる。

（別に上條さんが他の人を好きになったって、僕には関係ないじゃないか。今みたいなセクハラ三昧《ざんまい》の日々から解放されて、平穏に暮らせるじゃん！）

何度も自分にそう言い聞かせるのだが、この不安にも似た気持ちは消えることがない。

「あ、開園したぞ」

少しトーンの高い上條の声がして、手をぎゅっと握られた。

その感触と温もりに、心臓がドキンと跳ねる。

前の人に続いて歩き出した上條の横顔は、どこか少年のようだ。

侑李はそんな彼を見つめながら、振りほどこうと思えば振りほどける手を、ずっと握っていたのだった。


上條が買ってくれたチュロスを食べながら、侑李は訊ねた。

「次、なに乗ります？」

園内の地図を一度見ただけで覚えてしまった上條は、迷いなく歩を進めていた。

「スターツアーズにもう一度乗る」

「はいはい」

園内に入ってから、侑李はずっと上條と手を繋いでいる。

今だって右手にチュロスを持ち、左手は上條の右手と繋がっていた。

「あ、でもパレードも観たいって言ってたじゃないですか」

開始時間が気になったが、それも上條の頭の中には入っているようで、

「問題ない。まだ一時間二十分の猶予がある」

と、任務を遂行している時のような口振りで言う。

(上條さん、ほんと楽しんでるなぁ)

目は真剣そのものだが、口角が緩やかに上がっている彼は、きっと今が楽しくて仕方ないのだろう。

そんな彼を見ていると侑李もワクワクとしてきてしまう。

「上條さんって、ほんとこの遊園地が好きなんですね」

思わず吹き出してしまった侑李に、上條はさらっと言った。

「この遊園地に来たのは生まれて初めてだ。小さい時から一度来てみたかった」

「えっ？　初めてなんですか？」

「あぁ。うちは母子家庭で、母親は働いてて忙しかったし。六歳でタワーに入所したあとは、滅多に外出なんかできなかったしな。そうこうしてる間に、来るタイミングを失ってた」

「そうなんですか……」

この話に、侑李は上條の生い立ちや過去を全然知らないことに気づいた。

こんなに一緒にいて、身体まで繋げているというのに、その相手のことを自分は何も知らない。

「あの、上條さんって素敵な名前してますよね」

「ん？」

「『敦毅』って、ちょっと珍しい名前じゃないですか。誰がつけてくれたんですか？」

少しでも彼のことを知りたいと思って、無難な話題を振ってみた。

「福本だ」

「福本って、タワーの所長の福本是治さんですか？」

「あぁ、あいつが俺の父親だからな」

「……は？」

乗り物の列に並び、上條は風で乱れたらしい侑李の前髪を直してくれながら、話を続けた。

「俺は福本の親父《おやじ》と、神楽坂《かぐらざか》で芸者をしてたお袋の間に生まれたんだ。まぁ妾《めかけ》の子ってやつだな」

「妾……の子」

「そう。だから福本の親父は、一応父親の責任として俺に名前をつけたらしい。敦毅ってのは、自分が好きな漢字をくっつけただけらしいけどな」

天気の話題ぐらい平和な話を振ったつもりだったのに、なんだかとんでもない彼の秘密を知ってしまって、侑李は言葉が出なかった。

しかも元政治家とはいえ、福本氏に非嫡出子がいたとなればそれは大きなスキャンダルなのではないだろうか？

「上條さんが福本さんのお子さんだってこと、田治さんとか知ってるんですか？」

「さぁな。話してないから知らないかもしれないが、あの人のことだ。これぐらいの情報は摑んでるだろう」

「確かに……」

侑李が元警視総監の孫であることも知っていたぐらいだ。きっと上條のこともある程度は情報収集しているのだろう。

「それにこの話をしたのは、お前が初めてだ。将来のカミさんには、俺のこと知っててもらいたいからな」

「上條さん……」

そう言って寄りかかるように抱きついてきた上條を、侑李は押し退《の》けることができなかった。

遊園地の列で並んでいるカップルなんて、イチャイチャしているものだ。だから周囲の人も、侑李と上條が抱き合っていても気にした様子はない。

それもあってか、初めて侑李は上條をそっと抱き締め返した。

きっと、今聞かされた彼の出生の秘密に動揺していたのかもしれない。

この遊園地に初めて来たという彼の人生に、ちょっとだけ同情してしまったのかもしれない。

でも、今の侑李にはどんな理由も関係なかった。

ただ自分に甘えるように抱きついてきた彼を、素直に抱き締め返したかった。


閉園時間から閉園時間までたっぷりと遊んだ身体は、さすがにへとへとだった。

「お城に上がった花火、綺麗でしたね」

「そうだな。こんな時は、瞬間記憶能力者でよかったと思う」

「瞬間記憶能力者？」

「お前も知ってるんだろう？　俺のカメラアイ」

「……はい、榊さんから聞きました」

侑李は上條と手を繋いだまま、少し後ろめたい気持ちで首肯する。

「おかげで今日の花火の美しさも忘れないけど、その代わり悲惨な現場の隅々まで、忘れることはできないけどな」

「それは……辛いですね」

駐車場へ向かう道すがら、上條の話に胸が苦しくなった。

人間は、忘れる生き物だと言ったのは誰だったか。

でも、そうやって辛かった過去を映像とともに曖昧にし、忘れていくことで人はまた明日を生きることができるのだ。

しかし上條は？

PCのフォルダがいっぱいになって、収拾がつかなくなるのと同じように、パニックになったりしないのだろうか？

そう思って問いかけると、彼は複雑な笑みを浮かべた。

「まぁ、小さい時からこうだったから慣れっこだけど。でも時々忘れられなくて、発狂したくなる時はある」

「やっぱり……」

(上條さんは、カメラアイのせいでデメリットもすごく感じてるんだ)

知らずと眉が垂れ、侑李は上條の苦しみを思ってさらに胸が痛んだ。

痛みを通り越して、息苦しさまで感じる。

もし自分がカメラアイの持ち主だったら、きっと耐えられないだろう。

「だけどお前に癒してもらうようになってから、だいぶ楽になった」

「えっ？　楽になったんですか？」

項垂《うなだ》れていた頭を侑李は上げた。

「あぁ。これまでは消したくても消えなかった過去の光景が、薄れてくるようになったんだ。最初はどうしてなのか俺にもわからなかったんだが……侑李と会って癒してもらうようになってからだから、たぶん、お前の体液の力なんだと思う」

「ほんとですか！　それはよかったです！」

自分の体液が、上條を苦しめる能力から少しでも解放することができるのだと知って、侑李は嬉しくなった。

榊が言っていた、人のために役立つ喜びとはこういうことなのかな、と思う。

「で、今夜はどうする？」

「どうするって？」

二人で車に乗り込み、シートベルトを締めていると上條に問われた。

なんのことかわからず、侑李は目を瞬かせる。

「だから、俺んちに泊まるか。それともこのままお前んちのベッドに直行するか」

「はぁ？　何言ってるんですか！　今日はたくさん遊んでへとへとでしょ！」

「へとへとだからセックスするんだろう？　俺を癒せよ」

せっかくいい雰囲気で一日を終えたというのに、いつもの傲慢な上條が顔を覗かせて、侑李は反射的に反発してしまった。

やっぱり上條と自分は水と油だ。

少しでも彼のことで胸を痛め、感情に共感してしまったことが馬鹿みたいだ。

どんなに距離が近くなっても、自分は上條にとっての餌でしかない。

「それにな、今夜はめちゃくちゃお前のこと愛したいんだ。可愛がりたい。だから離れたくない」

「うっ……」

こんな時に、その目はずるいと思う。

真摯《しんし》な眼差《まなざ》しを真っ直ぐ向けられ、侑李は頬を熱くしながら動くことができなくなった。

月明かりが照らす車内には、上條の趣味なのだろう、ゆったりとしたジャズが流れている。

行きは気にならなかったＢＧＭが、やたらと今は雰囲気を作っていて、鼓動の大きさが三割増しだ。

「好きだ、侑李。優しくて元気なお前が運命の番で、本当によかったと思う」

心も身体も、お前に救われてるよ。そうつけ加え、上條の顔がゆっくり近づいてきた。

少し乾いた唇が、確かめるように押し当てられる。

いつもとは違う、触れるだけのキス。

それなのに、上條の想いが何よりも伝わってきて、侑李は静かに目を閉じた。

（上條さんの唇、あったかい……）

知らずと彼の首に両腕を回していた。

この時流れていた『フライ・ミー・トゥー・ザ・ムーン』を、侑李は一生忘れないと思った。

4

SGIPA《エスジーパ》内のカフェスペースには、今日もいくつか班が集まっていた。

皆それぞれの案件を抱え、いかにセンチネルやガイドを守りながら救い出すか、頭を捻《ひね》り、悩み、情報を分析して策を練っている。

諜報《ちょうほう》活動専門の内部局調査第二部は、センチネルを大量に拉致《らち》して、違法な薬物を量産している組織を一網打尽にしようと、今は大詰めなのだと同じ班の田中が教えてくれた。

侑李が属する内部局調査第一部も潜入調査や情報収集、対象者の保護や解放を目指して日夜頑張っている。

しかも、慶和大学のガイド誘拐案件はこれまでに類を見ない案件として、注目もされていた。

「昨日ですが、四人目の被害者である赤池翔太との接触に成功しました」

侑李は自身が得た情報を、集まったメンバー全員のノートPCに送信した。

「赤池くんはいたって健康そうで、無理に頑張っているふうもありませんでした。誘拐事件のことは薄々学内でも噂《うわさ》になっていますが、まだ大きな動きは見せていません」

「なるほど。上條の方は？」

田治の言葉に、上條は自身のノートPCを操作し、わかりやすく箇条書きにされた情報を送ってきた。

「今のところ、不審な行動を取る人物は発見できず。しかし一番気になるのは、なぜ被害者が頑《かたく》なに加害者を庇《かば》うのか、だな」

「確かにねぇ……」

大きく頷《うなず》いてから、榊は顎《あご》に指を当てた。

「みんなものすごぉく脅されてるとか？　催眠術的なものにかかってるとかぁ」

「その可能性についても調べてみましたが、鎮静剤のベンゾジアゼピン系リザンジーナには記憶の欠乏という強い副作用はありますが、催眠作用はまったくありません」

田中は自身のノートPCに映し出された、リザンジーナの商品概要を見せてくれた。

「販売元の製薬会社にも出向きましたので、裏は取れてます。ですが……」

「ですが？」

先を促すように田治が問いかける。

「はい。この薬の開発には、慶和大学の学生が関《かか》わっていました」

「慶和大学の学生が？」

思わず侑李は前のめりになってしまう。

「リザンジーナが商品化されたのは昨年の夏です。もともとは終末期医療に使われる鎮痛剤として開発が始まりましたが、そのプロジェクトに中学生ながら参加していたセンチネルがいたんです」

「秀才ってやつだな」

タンブラーに口をつけながら、篠田が呟《つぶや》いた。

「そう、その秀才の名前は小野塚陸《おのづかりく》、十八歳。慶和大学薬学部の一年生です。でも、リザンジーナが商品化してすぐ、不慮の事故で亡くなってます」

「不慮の事故ってなんですか？」

「趣味だったグライダーの墜落事故だよ」

首を捻った侑李に、田中は神妙な顔で答えた。

「グライダーって、飛行機とかに引っ張ってもらって、空を飛ぶ滑空機のことですか？」

「うん、小野塚は小さい時から父親の影響でグライダーに乗っていてね。事故当日も友人と一緒に楽しんでいたらしい。飛行記録もちゃんと空港に残ってた」

「一緒に乗っていた友人とやらは？」

鋭く目を光らせた上條に、田中は頷く。

「それが、幸い軽症で済んだらしい。でも小野塚は胸を強く打っていてね。搬送先の病院で死亡が確認されている」

「そうか。今回の事故と小野塚が結びつくかどうかはわからんが、調べてみる価値はあるかもな」

口にした上條は、もう頭の中で調べる算段をつけているようだった。

彼は考えごとをする時、一点を見つめる癖がある。

瞬《まばた》きの回数も減るので、ただボーッとしているようにも見えるのだが、その横顔が好きかもしれないなんて、侑李は絶対口にしない。

「まぁ、この薬が被害者全員に使われているからな。何か手がかりにはなるかもしれない」

そう言った田治が今後の調査方針を確認すると、今日のミーティングは解散になった。

「それじゃあ、学生やってきます」

自席にノートPCを置きながら隣席の榊に言うと、笑顔で「いってらっしゃーい」と手を振られた。

「一緒に大学に行くか？」

上條に声をかけられ、侑李は大きなため息をつく。

「学生と准教授が一緒に大学に通ってたら、変な噂が立ちますよ」

「それを狙《ねら》ってるんだろう？　お前に変な虫がつかないように」

「変な虫なんかつきませんから、ご安心ください！」

更衣室へ向かうと、侑李はいつもの学生スタイルに着替えた。

潜入調査をする時は、私服での登庁も認められているが、なんとなく侑李は職場に私服で来ることに抵抗を感じ、ミーティングのある日はスーツを着てきている。

上條も同じらしく、斜め後ろのロッカー前で若い准教授らしい服装に着替えている。

「よし！」

着替えも終わり、姿見の中の自分とともに気合を入れた時だった。

榊がものすごい勢いで更衣室に飛び込んできた。

「た、大変だよぉ！　上條くん、枝島くぅん！」

「どうしたんですか？」

驚いて駆け寄ると、榊は顔を青くさせて口を開いた。

「五人目の被害者が保護されたぁ」

「えっ⁉」

侑李は同じく駆け寄ってきた上條と顔を見合わせた。

「……不覚をとったな」

眉間《みけん》に思いきり皺《しわ》を寄せて、上條が舌打ちをする。

「で、その人は今どこに？」

「やっぱりリザンジーナらしい薬を使われてて……さっき救急車で病院に運ばれたって」

「病院に行きますか？　上條さん」

逸《はや》る気持ちで訊《たず》ねると、彼は迷いなく首を縦に振った。

「あぁ。榊さん、病院の住所を教えてくれ」


面会謝絶のプレートがかけられた個室の扉を、担当の刑事が開けてくれた。

ベッドに横になっていたガイドの青年は侑李より小柄な体格で、まだまだ幼さが残っている。

瞼《まぶた》は重く閉じられていて、腕には点滴が繋《つな》がれていた。

鼻まで覆われた酸素マスクが、眠り続ける彼の姿をより痛々しく見せている。

「名前は日比谷悠斗《ひびやはると》、十八歳。慶和大学の一年生です」

服のポケットにこれが入っていたと、刑事が慶和大学の学生カードを見せてくれた。

「日比谷のことは知っている。俺の授業を受けていた学生だ」

「ということは、彼の周辺に加害者の姿があったってことですよね」

「そうなるが、なんの問題もない学生だったからノーマークだった。確かにガイドということで注視はしていたが、日比谷が被害者になるなんて……」

抑えきれない悔しさを滲《にじ》ませた上條に、侑李の眉《まゆ》も自然と寄る。

日比谷は先週の金曜日から行方不明になっていて、家族から捜索願が出されていた。

それから三日後、他の被害者と同じ公園で倒れているところを発見され、病院に運ばれて現在に至るという。

「血中からは用量以上のリザンジーナが検出されています。医師の話では重い記憶障害が出る可能性が高いと」

刑事は一通り説明すると病室を出ていった。

入れ替わりに、ノーネクタイの男が入ってくる。

「田治さん」

振り返り、侑李は彼の名を呼んだ。

「重い記憶障害だって？」

「聞こえてましたか？」

侑李の問いに、田治は頷いた。

「日比谷なら、加害者について何か聞き出せると思ったんだがなぁ」

「どうしてですか？」

「大学に入学して間もない分、しがらみが少ないからだろう？」

「その通り。サークルにも入ってないし、彼はあまり社交的な性格ではないらしいからな。関係があった学生は限られてるだろう」

「えっ？　上條さんも田治さんも、学生の中に犯人がいると確信してるんですか？」

「少なくとも、俺はそう感じてる」

上條の言葉に、田治も同意見だと侑李に視線を向けた。

「そんな……」

これまで集めた情報から、加害者は大学関係者である可能性が高かった。それは侑李も感じていた。

でも潜入とはいえ、同じ学び舎《や》にいる学生の誰《だれ》かがガイドを誘拐し、複数人で強姦《ごうかん》するような卑劣な人間だと思いたくなかった。

情に左右された甘い考えは、ＳＧＩＰＡの人間として失格だろうけれど……。

「もう一度訊《き》きますけど、本当に学生ですか？　大学の教師陣とかでは？」

縋《すが》るように上條に問うたが、彼は首を横に振った。

「そうですか……」

潜入調査と情報収集のプロがそう言うのだから、そうなのだろう。経験豊富な二人の勘は、侑李よりもずっと確かだからだ。

（学生が学生を襲うなんて考えたくないけど、これ以上被害者が増えないうちに加害者を特定しなきゃ）

侑李は拳《こぶし》を握り、眠ったままの日比谷の隣で決意を新たにした。

外に出ると、遠くの空が厚い雲に覆われて、雷まで光っている。

突然の雷雨は、梅雨《つゆ》というこの季節では珍しくない。

しかしこの景色は、侑李の気持ちを余計にざわつかせた。

もう夏がやってくるのだと湿った空気を感じながら、侑李は重たい足取りで霞が関へ戻ったのだった。

昨日のひどい雷雨が嘘《うそ》のように晴れた今日。侑李は早速行動を起こした。

「赤池先輩！」

彼が属するサッカー同好会を見学した際に面識を持った侑李は、カフェテリアでスマホを弄《いじ》っていた赤池を発見した。

「あー……えっと、君は？」

「先日お世話になった枝島です」

さりげなく隣に座り、侑李は自然な笑みを作った。

「あぁ！　そうだ、枝島くんだ。なに？　なんか用？」

凡庸であることが取柄の侑李だ。

赤池もこれといった印象を持っていなかったようで、名前すら覚えていない。

けれども、潜入調査はそれでいい。

上條のようにキラキラしすぎていると、やりにくい調査もたくさんあるのだ。

「はい。僕、サッカー同好会に本気で入部しようと思って。中学高校とサッカー部だったし、サッカー大好きなんで」

本当は中高と陸上部にいたのだが、こういう時は嘘も大事だ。

いや、これは嘘ではなく、潜入調査時は『キャラ設定』というのだが。

「そうなんだ、部長も喜ぶよ。今年は新入生が少ないって嘆いていたから」

やっと砕けた笑顔を向けてくれた赤池は、こうしているとなんのトラブルもなかった学生に見える。

本当に彼は先月誘拐され、薬を打たれて複数の男に強姦されたガイドなのだろうか？

しかし、侑李が今日声をかけたのは、彼の友人の輪に潜入するためだった。

赤池の交際範囲は田治と篠田が大体調べてくれたが、友人たちがどんな性格なのかは、実際に接してみないとわからない。

今朝《けさ》、緊急ミーティングで話し合った侑李は、彼の友人にも接触すべく、大学外でも赤池と付き合えるように話を進めようとした。

するとカフェテリアの奥の方から、黒いTシャツを着た男が近づいてきた。

「あれ？　侑李？」

「あ、和明」

さっきまで同じ授業を取っていた和明が、カレーライスが載ったプレートを手に向かいの席に腰を下ろした。

「先に帰るっていうから、一人で寂しくランチしようと思ってたのに。なんでこんなところにいるの？」

詰《なじ》られ、気まずい気持ちで口を開いた。

「うん……カフェテリアの前を通りかかったら、赤池先輩がいたから」

赤池とは初対面だったのだろう。和明は深々と頭を下げると、冗談交じりに自己紹介をした。

「どうも、初めまして！　一年の大石和明です。枝島侑李の彼氏でーす」

「えっ⁉　嘘だろ？　二人とも付き合ってるのか？」

この言葉に過剰に反応した赤池は、大きな音をさせて席を立ち上がった。

その目は大きく見開かれて、青ざめているようにも見える。

「い、いやいや！　冗談ですよ！　僕と和明はただの友達です」

同性婚が認められ数年経った今では、同性同士のカップルも珍しくない。

それなのに、血の気が引くほど驚愕《きょうがく》したらしい赤池に、侑李の方が動揺してしまう。

何が彼をそこまで刺激したのか？

「あ……冗談か」

何やらホッとした表情をした赤池に、和明は少し苛立《いらだ》った表情を見せた。彼には大変珍しいことだ。

「もしかして先輩、同性愛者を毛嫌いしてるタイプですか？　反応があからさますぎですよ」

刺々《とげとげ》しい言葉に、赤池は再び青ざめる。

「そ、そんなことはないよ！　全然大丈夫！　うん……むしろ肯定的だから。気にしないで……」

最後の方は独り言のように呟き、赤池はおとなしく腰を下ろした。

この様子を見て、侑李の頭の中がフル回転する。

赤池が本当に同性愛者を嫌っているのなら、きっと同性に強姦されたという事実に深く傷つき、当分立ち直れないだろう。

しかしそんな素振りもなく、毎日大学に来ている彼は、今の会話の何に驚いたのか？

(むしろ赤池はゲイなのかな？)

ぐるりと一周して、そんな考えに至る。

この出来事は不自然だったので、赤池が同性愛者を本当に嫌っていないかどうか、調べた方がいいな……と心の中でメモをし、侑李は話を続けた。

「あの、さっきのサッカー同好会の入会の話なんですけど」

「……そうだったね」

赤池が少し気だるげに返事をした。

落ち着きを取り戻したのか、侑李にはもう興味はないようだった。

（あー……こういう雰囲気の人に、積極的に切り込むのは苦手だなぁ）

すでにスマホに目を移している赤池に、侑李は乾いた笑いを顔に張りつけた。

すると向かいの和明が明るく声を上げてくれる。

「赤池先輩！　俺たち、せっかくなんで先輩と飲みたいなぁって思ってるんですけど、どうですか？」

侑李の気持ちを読み取ってくれたのか、和明がずばりと本題に切り込んでくれた。

「あ、うん。いいよ。今度サークルの飲み会があるから、君たちも一緒に来る？」

「マジっすか！　やったな、侑李！　じゃあ、図々《ずうずう》しくも俺と侑李、二名参加していいっすか？」

「もちろん、幹事に連絡しておくよ」

「よかったな、侑李」

「うん」

社交的な和明も手伝ってくれて、サークルの飲み会に同席させてもらえることになった。

まずは赤池と飲めれば上々だと思っていただけに、一気にサークルの飲み会に参加できることになって、侑李はがぜんやる気が出る。

「赤池先輩、ありがとうございます。楽しみにしてますね」

微笑《ほほえ》んでから、侑李はスマホのスケジュールアプリに飲み会の予定を書き込んだ。と同時に、SGIPA専用のSNSにも、「飲み会に潜入できそうです」と打ち込む。

（サッカー同好会に、怪しい人物がいればいいんだけど）

そんなことを考えていると、次の授業に出席するという赤池が、カフェテリアを出ていった。

「さようなら」と手を振ってから、和明に向き直る。

この場に和明がいてくれて、本当に助かったと侑李は思った。

潜入調査中なので自分も積極的にいくつもりだったが、社交的な和明がいてくれたからこそ、飲み会参加の話があっさりとまとまったのだ。

「本当にありがとな、和明」

「どうしたの？　突然」

「ううん。なんでもない」

微笑んだ侑李に、不思議そうに首を傾《かし》げてから、和明は堪《こら》え切れないように吹き出した。

イケメンなだけに、その笑顔も眩《まぶ》しい。

和明は本当にいい奴だなぁと思う。

面倒見もいいし、明るいし、何より優しい。

潜入調査が終わっても、友達でいられたらいいのに。

そんなことを思いながら、侑李は和明と一緒にカフェテリアをあとにしたのだった。

◆◆◆

「何してるんですか？」

大学から直接家に帰ると、魚を煮つけるいい香りがした。

「鰤《ぶり》大根を作っている」

「だから！　勝手に冷蔵庫を漁《あさ》って料理したら、警察行きだって言ったでしょ！」

「お前んちの冷蔵庫は漁ってねぇよ。調味料まで全部買ってきた」

納得したか！　と言わんばかりの上條は、黒いエプロン姿でドヤ顔だ。

彼の身勝手さ具合に頭痛を覚え、侑李は額を押さえながら寝室へ向かった。

そこで部屋着に着替える。

すると安堵《あんど》のため息が一つ出た。

しかし、上条に合鍵《あいかぎ》を渡してからというもの、彼の荷物が増えて仕方がない。

クローゼットの中を見て、今度は重たいため息をついた。

合鍵を渡した翌日。

コンビニで歯ブラシを買ってきた上条は、当たり前だと言わんばかりにそれを洗面所に置いた。

実に不本意だったが、なんやかんやで朝までいることも多い彼だから、仕方がないか……と甘い顔をしてしまったのだが、それからというもの、上条は髭剃《ひげそ》りだの愛用シャンプーだのを買ってくるようになり、仕舞いには下着まで持ってきた。

最近は着替えのスーツまで侑李の家にあり、彼のＢＭＷ－Ｚ４で同伴登庁することもしょっちゅうだ。

（既成事実を、着々と作り上げられている気がする）

さすがに外堀を埋められていることに気づいて、注意した時にはもう遅かった。

「お前んちの隣が来月空くっていうから、引っ越してくることにした」

「は？」

そんな話を先日されて、侑李は開いた口が塞《ふさ》がらなかった。

六歳で入所してから一度も引っ越したことがない彼が、とうとうタワーを出るというのだ。

（上條さんが隣に越してきたらどうなるんだよ！　これ以上一緒にいる時間が増えるんじゃないか⁉）

だらだらと冷や汗をかきながら、侑李は考え込んだ。

それが自分にとってメリットなのか、デメリットなのかわからぬまま、侑李は上條が引っ越してくることを、喜ぶことも悲しむこともできないでいる。

（でも、帰ってくると美味《おい》しい匂《にお》いがする家っていいよなぁ）

専業主婦で料理上手な母がいた実家もそうだったが、やはり温かくて食欲をそそる香りがする家は、身も心も休まる気がした。

上條にまた外堀を埋められた気がして、侑李はいかんいかん！　と己を叱責《しっせき》してからリビングへ戻った。

するとローテーブルには美味《うま》そうな鰤大根と、ふんわりと綺麗《きれい》に焼かれた出汁《だし》巻き卵が置かれていた。

さらに揚げ麵《めん》と刺身が乗った和風サラダに、醬油《しょうゆ》の香ばしい香りがする豚の生姜《しょうが》焼きも運ばれてきて、ごくり……と侑李は唾《つば》を飲む。

「あと、なめこの味噌汁《みそしる》ときゅうりの浅漬けもあるぞ。お前は座って待ってろ」

「はい！」

己を叱責していた、先ほどまでの侑李はどこへやら。

食事を目の前にした途端、食べ物に罪はない！　と、食事が並べられたローテーブルの前に正座する。

一人暮らしが長かった上條は、料理にハマった時期があるらしく、味は折り紙つきだ。

殺風景で物が少ない彼の部屋はいつも埃《ほこり》一つ落ちていないし、洗濯機もマメに回しているらしい。

よって、料理にハマったこともなければ、掃除機も洗濯機も週に一度しか稼働させない侑李より、上條の方がずっと家庭的なのだ。

「いただきまーす」

合掌すると、箸《はし》を手に侑李は味の沁《し》みていそうな大根を口に放り込んだ。

「美味い～っ！」

心の底から叫んで、侑李はガッツポーズをした。

それから味噌汁、白米、豚の生姜焼きへと手を伸ばす。

「おかわりもあるから、ゆっくり食えよ」

「はい！　ありがとうございます！」

美味しいものはかき込むスタイルの侑李は、飲み込むように食事をした。

（くそぅ……本当に美味しいっ！）

毎晩上條が作った夕飯が食べたいと思った時点で、胃袋をがっちり摑《つか》まれていることに、侑李はまだ気づいていなかった。

それから白米と味噌汁を一回ずつおかわりし、鰤大根も豚の生姜焼きも出汁巻き卵も平らげた侑李は、腹をさすりながらげふ～とゲップを一つした。

「ごちそうさまでした～っ」

至福の夕食を終えて、お腹いっぱいとソファーに寝ころがる。

なんて幸せなんだ。

そう思って、侑李がささやかな幸福を嚙《か》み締めていると、上條が粛々と片づけを始める。

その後ろ姿は、さながら昭和の良妻といった感じだ。

（ここに犬が一匹でもいれば、まるで家族みたいだなぁ……）

そんなことを考えて、侑李はキッチンに立つ上條を眺めた。

最近は養子を迎える同性夫婦も多いが、上條と一緒に子育てする自分が想像できなかったので、侑李は昔から飼いたいと思っていた、フレンチブルドッグがここにいると仮定してみた。

すると妄想は驚くほど広がった。

週末は二人と一匹で遠出して、広い公園を思いっきり走り回るのもいいなぁ……とか、半年に一回はペットも一緒に泊まれる温泉旅館へ行って、骨休めするのも悪くない……などと。

そんなことをナチュラルに考えて、侑李はにやにやと頬《ほお》が緩んでしまった。

そしてふっと我に返り、ゾッと背筋が寒くなる。

(えっ？　この思考ってめちゃくちゃヤバくない？　僕、なに普通に上條さんとの将来なんて考えてるの？)

少しでも上條との幸せを想像してしまって、侑李はざー……っと血の気が引いた。

こんな身勝手で傲慢《ごうまん》な男、好きになんてなるわけがない！

(上條さんなんて、絶対に好きにならない！)

侑李はにやけたり青くなったりする顔を引き締めて、ガバッとソファーから起き上がった。

「お前って、本当に百面相が好きだな」

片づけが終わったのだろう上條が、キッチンから出てきて、侑李を怪訝《けげん》な目で見下ろしている。

「別に、好きで百面相しているわけじゃありません！」

「じゃあなんで？　この間遊園地に行く前も百面相してただろう？」

「それは上條さんが……っ」

思わず言いかけて、侑李は両手で口元を覆った。

「なんだよ。言いかけてやめるなんて男らしくねぇぞ。最後までちゃんと話せ」

不機嫌そうに眉を寄せた上條に、侑李は言えるものか、と困惑する。

上條さんの私服姿がかっこよくて、ドキドキしてました！　……なんて、口が裂けても言えない。

「ほら、話せよ」

隣に腰かけて詰め寄ってきた彼に、侑李は思わず視線を逸《そ》らす。

「――お前って、素直で可愛《かわい》いと思う時もあれば、頑固で泣かしたくなる時もあるよな」

「えっ？」

剣呑《けんのん》な声が聞こえて、侑李はぎくりと動きが止まった。

「今夜のお前は後者だ。白状するまで射精は禁止。ベッドの中で、さんざん泣かせてやるから覚悟しとけよ」

話を全部聞き出してやる。そう言って口角を意地悪く上げた上條は、数時間後、その言葉を余すことなく実行したのだった。


太陽が眩しい。

侑李は寝不足でぼーっとする頭で、車窓の景色を眺めた。

昨夜《ゆうべ》、散々上條に好き勝手された身体《からだ》は重怠《おもだる》く、今日が大学の創立記念日で休校日であることだけが唯一の救いだった。

しかも上條の巧みな言葉と手技によって、「私服姿の上條さんがかっこよかったです」と白状させられた侑李は、その後意識を失うほど抱かれた。

そして意識が戻ると、また抱かれた。

「本当にお前は可愛いな」と。

その時の上條の顔が驚くほど優しくて、蕩《とろ》けそうなぐらい甘やかだったことを思い出し、運転席の彼をふっと見る。

今も上條は上機嫌で、肌は憎らしいほどツヤツヤだ。

それもそうだろう。

昨夜上條は、「もう無理です！」と泣き叫ぶ侑李から、一滴も搾り取れないほど精液を搾取したのだから。

「元気そうでいいですね、上條さん」

嫌味を込めて、侑李は言った。

「そりゃそうさ。昨日あんだけお前を可愛がったんだからな。心も身体もやる気が漲《みなぎ》って仕方ねぇよ」

「左様で……」

聞くんじゃなかった。と、憤りながら後悔していると、隣の上條は鼻歌まで歌い出した。

それを耳にしながら、侑李はがっくりと項垂《うなだ》れる。

今日は仕事がきつくありませんように……と、心の中でそっと祈りながら。

（っていうか、定時に上がれますように。早く家のベッドで一人で眠れますように！）

しかし、こういう日に限って仕事とは大きな展開を見せるものだ。

「――えっ？　日比谷くんが目を覚ましたんですか？」

登庁してすぐに榊から聞かされ、侑李はノートＰＣを立ち上げる手を止めた。

「うん、今さっき警察から連絡が来たんだけどぉ……事情聴取に立ち会いますかぁって訊かれてぇ。どうする～？　田治さーん」

「そうだな……」

横に立っていた田治が、顎に手をやり考え込んだ。

五人目の被害者で、三日前に保護された日比谷が無事に目を覚ましたことに安堵しながら、彼の体調を慮《おもんぱか》っているらしい田治の答えを待つ。

すると、それより早く上條が口を開いた。

「田治さん、こんなチャンスは滅多にない。事情聴取に立ち会おう」

「そうだな。ここは積極的にいくか」

上條のひとことで話はまとまり、田治と上條と侑李は署内で行われるという事情聴取に立ち会わせてもらった。

これまでテレビや映画でしか見たことはなかったが、署内の聴取室の隣には小さな部屋があり、マジックミラー越しに隣室を覗《のぞ》くことができた。しかも設置されたマイクを通して、話もしっかりと聞こえる。

田治も上條も事情聴取には何度も立ち会っているらしく、慣れた様子だ。

しかし侑李は初めての経験に、ドキドキが止まらない。手のひらには汗までかいている。

優しい色合いの壁紙に、木製のテーブルが置かれた聴取室は、侑李が想像していた取調室とは雰囲気が違った。

ここは容疑者を取り調べる部屋ではなく、関係者や被害者から事情を聴き取るための部屋なので、雰囲気もインテリアも柔らかい色合いのもので統一されていた。

刑事とテーブルを挟んで奥に座った日比谷は、やはり小柄で幼い顔立ちをしていた。童顔の侑李が言えた義理ではないが、中学生だと言っても通じるだろう。

まだ本調子ではないので、聴取は手短に……と付き添いの医師に言われ、刑事も「三十分で終わらせる」と言っていた。

日比谷はなぜ自分がここにいるのか、正直わからないようだった。

自分が目覚めた時には病院にいて、彼は誘拐された前後の記憶まで失っていた。いや、思い出せないでいた。

「どこまで記憶は残ってますか？」

温厚そうな年配の刑事に問われ、鏡越しの日比谷は必死に記憶を探っているようだった。

「先週の金曜日の昼に友人と別れて……そこから記憶がありません」

「そのあと誰かに会ったとか、声をかけられたということは？」

「それもわかりません。友人たちと別れてからの記憶が、病院で起きた時まですっぽりと抜けているんです」

「……リザンジーナの副作用か」

上條の呟きに、田治は頷いた。

「あぁ。付き添いの医師に話を聞いたが、ずいぶん強い記憶障害が出ているらしい」

「可哀《かわい》そうに……」

心の声が思わず口から出たが、侑李は本当に可哀そうなのだろうか、と考えた。

もしかしたら、誘拐されて強姦された怖かっただろう辛《つら》い記憶は、このまま一生戻らない方がいいのかもしれない。

刑事との談笑に笑顔を見せる日比谷に、侑李は複雑な気持ちを抱いた。

それと同時に、本当に加害者が憎いと思った。

早く手がかりを見つけて、逮捕せねば。また日比谷のような被害者が出てしまう。

決意を新たに、侑李はマジックミラー越しの日比谷を見つめた。

絶対に、加害者を見つけてあげるからね！　と。


「――事情聴取はどうだったぁ？」

庁に戻ると留守番組だった榊に訊かれ、侑李はＳＧＩＰＡの自席に座った。

「はい。とても元気な様子で安心しました。ですが事件当日の昼以降、病院で目覚めるまでの記憶がまったくないそうです」

「そっかー……今回も空振りに終わっちゃうのかなぁ」

榊の言葉に、行き詰まりを感じた時だった。

カフェスペースの一角で、上條と田治が難しい顔で話し込んでいた。

何を話しているんだろう、と気になったが、あの雰囲気では自分は入っていけない気がした。それほど二人は深刻な顔で話している。

きっと新米の侑李には想像もできない難しい話をしているのだろう。そう思いながら、ノートPCの電源を入れた。

今日は書かなければいけない調査書がたくさんある。

気合を入れなきゃ！　と自分に言い聞かせ、侑李はキーボードを叩《たた》き始めた。

その日、素直に帰るだろうと思っていた上條がまた泊まりに来た。

「連泊は禁止です！　仕事に支障が出ます！」

寝室でスーツを脱ぎながら、横で部屋着に着替える上條に、侑李は腹立たしい気持ちで告げた。また昨夜のように抱かれたら、もう身が持たないと。

「そんな細かいこと気にすんなよ。俺はお前の家に毎日泊まったって、仕事に支障をきたすことはねぇ」

「僕が諸々《もろもろ》支障をきたすので、やめていただきたいんです！」

語尾も強く言い放つと、上條はきょとんとした顔をした。そしてニヤリと口角を上げる。

「あぁ……そういうことか。でも、残念だったな。今夜はしない。お前の身体も疲れてるだろうし、俺もさすがに昨夜は頑張りすぎた」

そう言って腕を伸ばし、侑李の腰を抱いた上條は、触れるだけのキスをしてリビングへ消えていった。

一人残された侑李は、熱くなった頬に両手を添えた。

（だから！　ただのチュウは苦手なんだってば！）

ガイドの体液を貪《むさぼ》るように、強引に唾液《だえき》を奪うキスならば仕方がない……と最近侑李は思えるようになっていた。なぜならば、一生懸命働く上條の役に少しでも立てるとわかったからだ。

しかし、体液を貪ることもない、触れるだけのキスは自分たちに必要ないものだ。

それなのに、こんなキスをされたら……。

（本当に恋人同士みたいで、ドキドキしちゃうじゃないか！）

ムズムズする甘ったるいキスの名残に、侑李は悶《もだ》えたくなった。

そしてベッドにうつ伏せで倒れ込むと、ゴロゴロともんどりを打つ。

けれども、どれだけゴロゴロしても甘酸っぱい気持ちは消えなかった。

こんな気持ち、きっと初恋以来だ。

しばらくベッドの上で転がっていると、上條が訝《いぶか》しげな顔で寝室を覗いてきた。

「おい、夕飯の天ぷら蕎麦《そば》ができたぞ。早くしないと蕎麦が伸びちまう」

「あ、はい……」

しかし、好物である天ぷら蕎麦の名を出されて、侑李はベッドから起き上がった。

侑李はもう、上條に胃袋を摑まれているのだ。

残念ながら、本人だけが気づいていない事実だったが。

ローテーブルに二人で向かい合って座り、「いただきます」と手を合わせる。

上條は手の指が長く、とても箸の持ち方が綺麗だ。

以前、箸の持ち方を褒めたところ、

「タワーで食事のマナーを叩き込まれたからな。それこそ鬼みたいな教官が鞭《むち》を持ってて、食事の時に一人一人チェックされた」

と聞き、やっぱりタワーに入ると、人格すら変えられてしまうのかもしれない……と、恐怖を覚えたものだ。

深夜、それぞれ風呂《ふろ》に浸《つ》かった二人は、おとなしくベッドに入った。

上條は口にしていた通り、侑李に手を出すことはなかった。

大の大人二人では狭すぎるセミダブルのベッドの中で、侑李は時計の秒針の音を聞きながら眠れずにいた。

今日も庁舎で調査書を山のように作成したので、身体は疲れている。

それなのに妙に目が冴《さ》えて、なかなか寝つけなかったのだ。

その理由は、上條の腕枕《うでまくら》にあるのだが、そっと抱き締められるように寝るなんて、二人でベッドの中にいる時はほとんどなくて、侑李は正直困惑していた。

(触れるだけのキスとか、セックスもしないで一緒に寝るとか……そういう仲良しカップルみたいなことはしないでほしいんだけど)

何度か上條にやめてくれ、と訴えようと思ったのだが、理由を訊かれた時に、素直に答えられる自信がなかった。

なぜなら、「胸がドキドキして、キュンキュンして苦しくなるのでやめてください」ななど言ったら、それこそ上條の思う壺《つぼ》ではないか？

（本当に将来のカミさんになったら、僕はどんな毎日を送るんだろう？）

ふと思って、侑李は想像してみた。

もし上條の妻になったら、こうして同じベッドで腕枕をしてもらいながら寝て、おはようのキスをして、一緒に朝ご飯を食べて、同伴登庁し、帰宅したら一緒にお風呂に入って、上條が作った美味しい夕飯を食べてから、幸せな気持ちでセックスをして一日が終わるのだろうか……？

（なんて幸福な日々なんだ！）

そう思ってしまって、侑李は暗闇《くらやみ》の中でカッと目を開くと、うがーっ！　と叫びたい気持ちになった。

「眠れないのか？」

「あ、いや……すみませんっ！　起こしちゃいましたか？」

「いや、目を閉じていただけだから。大丈夫」

さらに抱き締められて、額に唇を押し当てられた。

（だからこういう新婚夫婦みたいなこと、しないでくれ～っ！）

うるさく鳴り出した胸に手を当て、侑李はぎゅっと目を瞑《つむ》った。

急に上條とキスしたい衝動にかられる。

なぜか、今は自分の方が欲情していた。

意味もなく、ただただ本能で上條が欲しいと、侑李は思ってしまっている。

(どうして？　なんで〜？)

自分の気持ちが上手く整理できずに混乱していると、上條は侑李の額に唇を当てたまま、徐《おもむろ》に口を開いた。

「明日、日比谷の意識の中に『ダイブ』しようと思う」

「……えっ？」

静かに、淡々と響いた上條の言葉に、侑李は彼を見上げるように顎を上げた。

「ダイブって……なんですか？」

「まんまだよ。眠ってる相手の意識の中に潜り込んで、案件の手がかりになりそうなことを探すんだ」

「探す？」

なんだかとても嫌な予感がして、侑李の鼓動はドキドキした。

「そんな心配そうな顔すんな。以前にも何度かやったことがあるから。安心しろ」

「っていうか、上條さんって実は超能力者なんですか？」

「そんなんじゃないさ。普通の人よりもちょっと……いや、かなり第六感が冴えてるって程度だ」

月明かりが差す寝室で苦笑した上條に、侑李はまた嫌に胸が急《せ》いた。

「無理……してませんか？」

不安で問うと、彼は微笑みながら侑李を両腕で包み込んだ。

「無理したとしても、今は何も怖くない。俺を癒《いや》してくれる、運命の番《つがい》がいてくれるからな」

「上條さん……」

そうだ、自分は上條の運命の番なんだ……と思い出して、侑李は誇らしいような、それでいて彼を支える重責に押しつぶされそうな、複雑な感情になった。

「でも、そのダイブっていうのは簡単にできるんですか？」

「幸い田治さんが洗脳意識やダイブについて詳しいんだ。大学院にいた頃に、何本も論文を書いてた人でさ。だからいつも田治さんに立ち会ってもらって、被害者の許可を得て行ってる。できるだけ互いの負担にならないようにな」

「そうなんですね、それで日比谷くんにはもう話したんですか？」

「あぁ。田治さんを通して、意識にダイブしてもいいか訊いたら、犯人逮捕に協力したいと言ってくれた。だから、日比谷が搬送された病院の一室を借りてやることになったよ」

「病院で……やるんですか？」

ということは、ダイブというものは、命に関わる行為なのではないだろうか？

不安で侑李が黙り込むと、再び額に唇が当てられた。

「本当に大丈夫だよ。侑李が心配することは何もない。ただダイブし終わったあとは、すっげぇ心身ともに疲れるからさ。俺のことめちゃくちゃ癒してほしい。お前に頼みたいことはそれだけだ」

くすくす笑った上條に、侑李はわかったというふうに抱きついた。

「仕方がありませんね。僕は上條さんのバディですから。疲れた時は癒してあげてもいいですよ」

運命の番ではなくバディと言ったのは、まだ自分の気持ちがはっきりとわからなかったからだ。

彼が好きなのか？

自分の中で、上條はどんな存在なのか？

でも、初めて会った時より確実に上條との距離は近づいている。

彼の一番の理解者でいたいと思うし、協力者でもいたい。

それは同情とか友情とは違う気がした。

でも、その答えに辿《たど》り着くのが怖いと思う自分もいて、侑李は心の中で光る真相から目を逸らした。

その光に触れてしまったら、もう今の自分ではいられなくなる気がしたからだ。

「バディか。侑李はその言葉が好きだな」

上條は再び笑いながら、「セックスしてぇなぁ……」と呟いた。

「じゃ……じゃあ、すればいいじゃないですか」

耳まで熱くしながら口にしたが、あっさり断られてしまった。

「明日は久しぶりにダイブするからやめておく。でも、それが終わったら回復室に直行だ」

からかうように言って、上條は目を閉じた。

しばらく彼の腕の中でドキドキしていたが、侑李はいつの間にか睡魔に襲われて、眠りの淵《ふち》へと落ちていたのだった。

温かな上條の香りに包まれながら。

5

ダイブとは、思いのほか大がかりな設備の中でするのだと侑李は知った。

スマホの時計を見れば、時刻は午前十時を少し回ったところだ。

四人部屋なのだろう病室にはベッドが二台用意され、慌ただしく人が出入りしている。

上條も日比谷も患者衣に着替え、田治からダイブについて説明を受けていた。

脳波を管理する専門の技師も到着し、何かあった時にすぐ処置ができるよう、専門医と看護師が待機している。

説明を終えた田治も、事務机ほどの大きさがある装置を弄って、着々と準備を進めていた。

そんな中、侑李は部屋の隅で立ち尽くしているしかなかった。

今回は侑李以外にも榊や篠田、田中も立ち会う。

みな上條のダイブ現場に立ち会うのは初めてではないらしく、侑李より砕けた空気を纏《まと》っていた。

ベッドの上にはＩＣレコーダーやビデオカメラが設置され、寝言のように呟かれるらしい上條の言葉を、聞き逃さないよう準備も整った。

「それじゃあ始めるか」

田治の言葉に、空気がさらに引き締まる。

「いよいよ始まるんですね」

侑李の緊張に震えた呟きに、榊が肩を叩いて微笑んでくれた。

「そんなに緊張しなくても大丈夫だよぉ。上條くんはこれまでダイブに失敗したことはないからぁ。きっと相手の意識に潜り込むのが得意なんだねぇ」

安心させるような言葉に侑李は微笑み返した。

しかしさっきから指の震えが止まらない。

だって、侑李には理解できなかったのだ。

相手の潜在意識に同調するように電極をつけるだけで、相手が見てきた景色を共有できるなんて。

しかしこの能力は上條個人のもので、センチネルの中でも潜在意識に潜れる者は滅多にいない。

ちなみにダイブという能力が使えるのは、ＳＧＩＰＡ内でも上條しかいない。

上條はこれまでも、どんなに調査しても加害者の手がかりが摑めない時だけ、ダイブをしてきたという。

しかしこれは、上條の精神力も体力もひどく消耗させるので、滅多に行われなかった。裏を返せば、それだけ彼の命を削《けず》るような行為なのだ。

ダイブ専用の睡眠導入剤を飲み、日比谷がベッドに横になった。

そして数分後に医師が脳波を確認し、彼が眠ったことを確認してから、上條も薬をペットボトルの水で飲み込んだ。

「侑李！」

その時、突然名前を呼ばれて顔を上げた。

「な、なんですか？」

緊迫する空気の中、何事かと上條を見ると、普段は見せないような優しい笑みを向けられた。

その笑顔に不安という違和感を覚えた。

「今夜は何が食べたい？」

「えっ？」

場違いな質問にぽかんとしてしまったが、侑李は上條の笑顔に促されるように、自分の好物を口にした。

「う、梅じそ巻き……豚肉の梅じそ巻きが食べたいです！　しかも揚げたやつ！」

「わかったよ。じゃあ帰りに一緒にスーパーに寄るか」

この会話に、周囲から笑いが起きる。

一瞬だけ場の空気が和んだ気がした。

そうして上條は、もう一度侑李に微笑むとベッドに横になった。

きっと彼だって緊張しているはずだ。

顔には出さないだけで、これから挑む大仕事に、指先を冷たくしているのかもしれない。

今の侑李のように――。

頭にいくつもの電極を付けた上條は、数分で眠りに落ちた。

それからしばらくして、田治や技師が何やら話を始めて、「ダイブに成功したぞ」とみなに伝える。

「さぁて、日比谷は何を見てきたのかな」

篠田の言葉に、侑李もごくりと唾を飲んだ。

しかし今は、加害者の手がかりを見つける以上に、侑李は上條の身が心配だった。

胸の前で手を組み、上條と日比谷の無事を祈る。

どうかダイブが無事に終わりますように。

そして上條さんと、いつものように温かい食卓が囲めますように。

しばらくは何事もなく、静かに時間が流れていったが、十分ほど経ったあたりから上條が譫言《うわごと》のようなことを言い出した。

最初に発せられた言葉は「赤」だった。

「赤？」

田中が不思議そうに首を捻ると、篠田は「確か……」と言葉を続けた。

「二番目の被害者が、加害者グループに赤い痣《あざ》のある男がいたと言っていたな」

「そうですね」

篠田の言葉に頷きつつ、侑李はこの事件の数少ない証言や物証を思い出していた。

強姦の痕《あと》があっても、加害者たちの体液や残留物はまったくなく、どれだけ探しても指紋の欠片《かけら》も体毛も見つからなかった。

よって被害者は、公園に放置される前に身体を洗われたか拭《ふ》かれたかして、証拠を全部消されていたのだ。

それに使用された薬物のリザンジーナも、簡単に手に入る品物ではない。

よって、加害者グループに医療関係者や薬剤を取り扱える者がいると考えられているが、それも憶測の域を出ていなかった。

「まぁ、今回の案件は証言も物証も少なすぎるからぁ。上條くんがダイブすることを選んだのもわかるけどぉ……四人目の被害者まで、みんな加害者を庇っているようなところがあって、ほんと不可解な案件だよねぇ」

「庇う……ですか？」

「そう思わない〜？　みんな犯人を知ってて、言わないって感じ〜？」

「言われてみれば、そうかも……」

大学に潜入して二週間。

どんなに被害者周辺を探っても、なかなか加害者に繋がる情報は見つけられなかった。

それは被害者が故意に、加害者の情報を隠しているからなのだろうか。

その後も、上條はまるで夢の断片を語るように、『茶色い外壁』『広いベッドルーム』、そして『挙動不審なサラリーマン風の男』と口にした。

けれども、しばらくしてから上條の眉間に厳しい皺が寄った。

「……やっぱり、お前だったんだな……」

「？」

上條の譫言に、みな彼を見た。

「日比谷の意識の中に、知り合いを見つけたみたいだな」

田治は脳波が映し出されたモニターを見つめながら、腕を組んだ。

侑李は思わず身を乗り出す。

(上條さん、頑張って!)

日比谷の意識の中に、一体誰がいたのか?

そしてどんな手がかりが隠れているのか?

固唾《かたず》を呑《の》んで見守っていると、突然日比谷が苦しそうに唸《うな》り出した。

額に汗を浮かべて胸元を掻《か》き毟《むし》り、苦痛から逃れるように激しく寝返りを打っている。

誘拐されていた間のことを、思い出しているのかもしれない。

あまりに痛々しい姿に心配になった時だった。

「ヤバい!」

脳波計を見ていた田治が叫んだ。

すると同時に警報のようなアラームが病室内に鳴り響き、上條と日比谷の心拍数が急上昇した。

「な、何が起きたんですか⁉」

「わかんないぃ〜っ」

侑李と榊が不安に駆られていると、医師や看護師たちが慌ただしく動き出した。

そして、ドンッ！　と音をさせて上條の身体が山なりに撓《しな》ったかと思うと、日比谷が突然両目を開けて、ガバッと起き上がった。

上條はまったく動かない。

「しくじった……ゾーンアウトだ」

「ゾーン……アウト？」

田治の言葉をなぞるように口にすると、看護師によって侑李たちは病室の外に出された。

「どうして外に出なきゃいけないんですか？」

混乱気味に侑李が問うと、看護師に叱責されるように言われた。

「上條さんの処置にあたりますので、待合室でお待ちください」


「……処置って、どういうことですか？」

重く閉じられた病室のドアを見つめていると、ひどく深刻な篠田の声が聞こえてきた。

「早い話がダイブに失敗したんだよ。ゾーンアウトっていうのは、意識を失うことだ」

「……ってことは、上條さんはどうなっちゃうんですか？」

知りたくないと思いながらも問うと、苦しげに篠田は言葉を絞り出した。

「……最悪、このまま意識が戻らないかもしれない」

「そんな……」

そばに置いてあった椅子《いす》に、倒れ込むように侑李は座った。現実に起きていることに追いつけなくて、額に手を当てる。

「枝島くぅん、大丈夫？」

隣に座った榊が、今にも崩れそうな侑李の身体を支えてくれた。

「きっと二人でゾーンアウトしかけた時、日比谷くんだけでも救おうと、上條くんは頑張ったんだろうなぁ」

だから日比谷は目を覚ますことができたのだと、田中が説明してくれた。

やはり他人の意識に入り込むという行為は、する側もされる側も相当な負担が伴う行為なのだ。

「上條さん……」

侑李は大切な何かを失うかもしれない恐怖に、全身を小刻みに震わせていたのだった。

再び上條の姿を見ることができたのは、それから二時間後だった。

このことを本部長に報告してくると篠田と田中は庁に戻り、榊は今、田治と今後のことについて話し合っている。

侑李は聞かされていなかったが、今回上條が日比谷にダイブすることについて、田治は反対だったらしい。

しかし上條は、「どうしても確かめたいことがある」と言って引かなかったそうだ。

そこで、ＳＧＩＰＡの本部長と田治の間で話し合いが持たれ、無理はしないという条件で許可が下りた。

「リザンジーナはまだ未知の薬だ。商品化されたといっても、なぜ強い健忘症が現れるのか解明できていない。そんな薬を使われた被害者の意識の中に飛び込むなんて、危険すぎる」

そう言った田治の悲痛な表情が忘れられない。

きっと彼も、相当責任を感じているのだろう。

ベッドの横に置かれた椅子に腰かけ、侑李はもう一時間以上も上條を見つめていた。

しかし彼はピクリとも動かず、まるで美しい死体のようだった。

心臓の動きを伝える電子音だけが、彼が生きていることを教えてくれる。

「だけど、上條くんはリスクを冒してでも、何を確かめたかったんだろうねぇ」

寄り添ってくれていた榊に、侑李も力なく頷いた。

「一体、何を確かめたかったんですか？　上條さん……」

昏々《こんこん》と眠り続ける彼に問いかけても、もちろん返事はない。

この状況に、タワーから蒼井も駆けつけた。

蒼井は侑李のカウンセラーでもあるが、もとは福本の公設秘書で、今でも公にはできない福本の身の回りのことをフォローしていた。

「本当は、すぐに福本も駆けつけたいとのことだったんですが、現在仕事でワシントンにいまして……」

侑李と同じく青ざめた顔をした蒼井も、ただ上條を見つめることしかできない状況だった。

「とりあえず、現状を福本に報告します。上條さんの意識が戻られたら、ご連絡いただければ幸いです」

慌てて揃《そろ》えたのだろう、上條が入院するために困らない衣類や荷物を持ってきてくれた彼に頭を下げると、蒼井は慌ただしく病室を出ていった。

「上條さんのお母さんにも、伝えた方がいいんでしょうか？」

何気なく問うと、榊が首を横に振った。

「上條くんのお母様は、上條くんがタワーに入所してすぐ、病気で亡くなられてるはずだ。だからその必要はないよ」

「そうなんですか⁉」

上條の家庭の事情を少し知っているらしい榊は、こんなことも教えてくれた。

「福本さんの秘蔵っ子ってだけで、上條くんは小さい頃から周囲に嫉妬《しっと》されて、だいぶ嫌な思いもしてきたみたいだからぁ……それなのにもう、唯一のご家族だったお母様も亡くなられててぇ……だから上條くんと仲良くしてる僕らは、運命の番が見つかったって聞いた時、大喜びしたんだよ～。上條くんにも家族ができたねって」

「家族、ですか？」

「うん、上條くんはこう見えて寂しがり屋だからねぇ。ミッキーマウスとか可愛いものも好きだし。なーんて、こんなこと言わなくても枝島くんの方が上條くんのこと、よく知ってるかぁ」

えへへ……と笑って、榊は自分の荷物をまとめ出した。

「それじゃあ、僕も一旦庁に戻るね。何かあったらすぐに連絡をちょうだい」

「わかりました。ありがとうございました」

最後まで病院に残り、侑李に寄り添ってくれた榊の優しさに感謝すると、照れ臭そうに榊は笑った。そして、病室を出ていく小さな背中を見送る。

二人だけになった空間は、やはり重苦しく、心細かった。

この世界に、眠り続ける上條と、自分だけが取り残されたような気持ちになる。

「上條さん……」

いつぞやのように、少し甘えた声で名前を呼びながら、侑李は彼の膝《ひざ》のあたりに手を添えた。

「ねぇ、上條さん。早く起きてくださいよ」

呟いた途端、急に視界が滲み出して、端整な彼の寝顔がじわじわとぼやけだす。

「ねぇ、上條さんってば」

これまで堪えていた不安や緊張、混乱が涙となって侑李の頬を一筋濡《ぬ》らした。

「上條さんてば……」

昨日、自分を抱きしめて眠ってくれた彼の温《ぬく》もりを思い出す。

額に押し当てられていた唇の温かさと柔らかさが、今は恋しくて堪《たま》らない。

また彼の香りに包まれて眠りたい。

からかいでも冗談でもいいから、また上條の笑った顔が見たかった。

「早く起きてくださいよ。そしたらまた休み取って遊園地に行きましょう？　大好きなミッキーマウスと写真撮って、スターツアーズにもたくさん乗って、綺麗な花火をまた一緒に見ましょう」

返事などないとわかっていても、侑李は上條に語りかけることを止められなかった。

自分が彼に語り続けていないと、そのままどこかへ上條が行ってしまいそうな気がしたからだ。

「あ、昨日の天ぷら蕎麦。とっても美味しかったんですけど、やっぱり蕎麦が少し伸びちゃってましたね。今度からは流水で洗うタイプじゃなくて、生の蕎麦を買ってきて茹《ゆ》でましょう」

それから侑李は最近大学であった面白かったこと、つまらなかったこと。榊がこっそり社交ダンスに通い出したらしいこと。篠田のバース性が未《いま》だに謎《なぞ》なこと。先日見せてもらった田中の娘が、田中そっくりで可愛かったことなどを、とめどなく話した。

「あとね、上條さんが初めて僕を抱いた日。僕、ビキニパンツを穿《は》いていたじゃないですか。あれってね、本当に偶然だったんですよ。友人たちから冗談で誕プレにもらったビキニだったんですけど……朝慌ててシャワー浴びて着替えたら、あのビキニを間違えて穿いちゃって。でももう穿き替える時間もなくて、布面積が少ないなぁって思いながら、区役所に出所したんです」

まさかその日に服を人に脱がされて、下着の種類まで確かめられるとは思っていなかった侑李は、普段通りボクサーパンツを穿いていけばよかった……と、何度も後悔した。今では笑い話でしかないけれど。

「でね、ここからは内緒なんですけど。上條さんがビキニパンツ好きだって聞いてから、どうしてか僕は、ビキニの下着ばかり買うようになって……なんででしょうね？　もしかしたら、上條さんに下着を見てもらいたいのかな？」

苦笑いしつつ、侑李は少しずつ掴めつつあった自分の想いや気持ち、それに伴う不可解な行動を整理していった。

「上條さん好みのパンツを穿いて、上條さんが好きそうな服を着てデートして、触れるだけのキスにドキドキして、二人だけの時間にすっごく癒されて。エッチしない夜はちょっと物足りないなぁ……なんて思うようになって。――これって、絶対に恋ですよね」

『恋』と口にしたら、胸に痞《つか》えていたもやもやがすとんと落ちて、彼を好きでいる自分を、素直に受け入れることができた。

上條がもっと人当たりが柔らかくて、初対面であんなに俺様な性格を発動させなければ、侑李はもっと早く運命の番であることを受け入れ、上條を好きだと認めていたかもしれない。

しかしそうは思っても侑李は、この俺様で自己中で強引な上條が好きなのだから仕方がない。

ここまでの道のりが、二人には妥当で順当だったのだ。

「ねぇ、だから上條さん。目を覚ましてくださいよ。僕のこと、カミさんにしてくれるんでしょう？　眠ったままだったら、結婚式だって挙げられない……」

語尾が涙に揺れて、侑李はとうとう言葉を紡げなくなった。

もしこのまま、上條が一生意識を戻さなかったら？

それ以前に亡くなってしまったら？

そんな恐ろしいことを考えて、侑李は肩を震わせて泣いた。

膝の上で拳を握り締めながら、声を殺してぼたぼたと涙を零《こぼ》した。

そうしてどれぐらい経ったか。

感情の昂《たかぶ》りもひと段落し、手の甲で涙を拭《ぬぐ》うと、侑李は上條へと目を向けた。

「好きです、上條さん。僕、上條さんが大好き」

涙に濡れた唇を、眠り続ける彼の唇に押し当てた。

そして初めて、自ら彼の口内へと舌を差し入れる。

こんなことでは、何も変わらないかもしれない。

こんな簡単なことでは、深いところへ墜《お》ちてしまった彼の意識は、戻ってこないかもしれない。

だけど侑李は今、上條に口づけたくて仕方なかった。

確かめるように綺麗な歯列を舐《な》め上げ、上顎を擽《くすぐ》り、力ない舌を吸い上げる。

ぴちゃ……と濡れた音をさせながら、侑李は上條の唇を文字通り貪った。

こんなにも愛《いと》しいのに。

こんなにも恋しいのに。

彼は眠り姫のように、何百年もの間、目を覚まさないかもしれない。

(上條さん……大好き)

心の中でもう一度呟いてから、侑李は赤く濡れた唇を離した。

そして上條の頬をゆっくりと撫《な》でて、身体を離そうとした時だ。

「ハッ……」

「えっ?」

大きく上條が息を吸い込む音が聞こえて、そのまま逞《たくま》しい両腕で抱き込まれた。

「うわっ！」

ガタンと椅子が倒れて、侑李は片方の革靴が脱げた格好で、ベッドの中に引き摺《ず》り込まれた。

「か、上條さん⁉」

何が起きたのかわからず混乱したまま彼を呼ぶと、上條は「死ぬかと思った！」と吐き捨てた。

「今回はマジでヤバかった。一瞬天国が見えたもんな」

確かに、上條は短時間であるが心拍停止状態に陥ったらしい。きっとその時の感覚を言っているのだろう。

「っていうか、上條さん！　意識が戻ったんですか⁉」

あまりの驚きから、侑李は上條を押し倒すような体勢で、彼を見下ろした。

「おう、ただいま。侑李」

「上條さ……」

今度は歓喜の涙が零れそうになって、侑李はぐっと堪えた。

上條に泣き顔なんか見せたら、また何を言われるかわからない。

だからふいっとそっぽを向いたら、上条を跨《また》いでいる尻《しり》を摑まれて、ぐにぐにと揉《も》み込まれた。

「な、何してるんですかっ！」

驚いて、顔を真っ赤にして叫んだ。

「セクハラですよ！　本部長に訴えますからね！」

「俺とお前の仲で、今更セクハラなんて関係ねぇだろ。将来の夫のために、せっせとビキニパンツを穿いてくれるような健気《けなげ》なカミさんを、可愛がってるだけなんだから」

「………えっ？」

侑李は上條の言葉に、一瞬動けなくなった。

「ちょ、ちょっと待ってください！　上條さん、意識あったんですか？」

「あぁ、ハッキリとな。でも身体が疲弊しすぎてまったく動かなくて、どうしようかと思った。瞼一つ動かせなかったもんな」

「じゃあ、なんで今はこんなに元気なんですか？」

恐る恐る訊ねると、上條は口角を上げるいつもの笑みを浮かべた。

「お前が、あんなに濃密なキスをしてくれたおかげで、体力が回復したんだよ。もちろん、まだ完璧《かんぺき》じゃねぇけど、目を覚まして、お前の尻を揉めるぐらいには元気になった」

「ということは……僕の話も全部聞いてたってことですよね？」

侑李はサー……ッと血の気が引いた。

上條の意識がまったくないと思って独白したあのすべてを、もしかして上條に聞かれていたのか？

「あぁ。曖昧《あいまい》な部分がほとんどだが、田中の娘が田中似ですごく可愛いってところからは、全部聞こえてた」

「ひっ……！」

侑李は慌てて上條の上から退《ど》くと、脱げた靴を引っかけてその場から逃げようとした。しかし足がもつれている間にウエストを抱き込まれて、彼の膝の上に座らされた。

「で、いつ結婚式を挙げる？」

「な、なんのお話ですか？」

耳まで真っ赤にしながら、侑李が顔を背けると、顎を取られて目線を合わされた。

「さっき言ってただろう？　眠ったままじゃ結婚式も挙げられないから、早く目を覚まさせって。俺も早く目を覚ましたくて、必死に心ん中でもがいてた。今すぐ侑李を抱き締めたくて」

嬉《うれ》しそうな上條とは対照的に顔を青くさせると、侑李は何も聞こえない！　というふうに両手で耳を覆った。

「それと、もう一度言ってくれよ。あれ、ぐっときた」

「あ、あれって……？」

思わず聞き返してしまって、後悔する。

「『好きです、上條さん。大好き』ってやつ。あれ、告白だよな。お前、俺のこと好きだったんじゃん」

「わーわーわーわーっ！」

自らの声で上條の言葉を消し、侑李は聞こえないと頭を振った。

「やっぱ、俺らって運命の番だったんだなぁ。こんなふうに両想いになれて、おとなしくなんかしてられるかよ」

さっきまで意識のなかった人間とは思えないほど、上條は元気で生き生きとしていた。

「ナ、ナースコール！　上條さんの意識が戻ったんだから、ナースコール押して、みんなに知らせないと！」

とにかく今の話題を変えようと、侑李はベッドの左上にあるナースコールのボタンに手を伸ばした。

けれどもそのまま上條に抱き込まれて、バランスを崩すように身体を上下に入れ替えられた。

影の落ちた上條の美しい顔が迫ってきて、唇が触れる寸前のところで止まる。

「ナースコールはお前を可愛がったあとでいい。今すぐお前のビキニパンツが見たい。今日は何色だ？　もしかしてもう染みができてる？」

甘く艶《つや》やかな声で囁《ささや》かれて、全身が燃えるように熱くなった。

「へっ……変態！　スケベ！　エッチ！　さっき言ったことは全部撤回です！　上條さんなんか大嫌いだ～っ！」

「そんな泣きはらした顔で言われても説得力ねぇよ。愛してる、侑李。結婚式はフランスの古城で挙げよう。昔っから夢だったんだ。本当に好きな奴が現れたら、二人で白いタキシード着て、城で結婚式挙げるの」

馬車にも乗ろう。そう言われて、侑李は唇を奪われた。

「ん……っ」

強く抱き締められて、圧《の》しかかられる。

普段なら照れて「重い！」と押し退《の》けるところだが、今はその重ささえも嬉しくて、思わず抱き締め返しそうになった。

しかし、甘い空気もこの場所を考えれば、すぐに消え去る。

「上條さーん、点滴取り替えますねー」

ピンクの制服を着た看護師がにこやかに引き戸を開けて入ってきた。

途端、彼女の目は真ん丸になり、ベッドの上でキスしている二人を凝視した。

「……す、すみませーん！」

羞恥《しゅうち》から顔を真っ赤にしてベッドから飛び下りた侑李と、悔しそうに舌打ちした上條の態度は実に対照的だった。

◆◆◆

大事を取って、その後上條は三日間の入院となった。

それもそうだ。一時はショック状態から心肺停止に陥ったのだから。

侑李は榊たちに言われ、一応毎日お見舞いに行った。

けれども両想いになった途端、上條の態度は甘さが二〇〇〇パーセントを超えた。こんなによく笑う人だったっけ？　と驚くほど優しい笑みを浮かべ、コロコロと笑い、穏やかに微笑まれる。

出会ったばかりの頃は仏頂面だったのに、今ではまるで真夏のアイスクリームのように蕩けた笑顔を作る。

しかも毎日「好きだと言ってくれ」とせがまれるようになり、侑李は聞こえない振りをして無視し続けた。

だって、言えるわけがない。

あの時はもう、上條が目を開けないかもしれないと思ったのだ。

最悪、死を覚悟した。

そんな危機的状況だったからこそ自分の想いに気づいたわけだが、そうでもない限り、あれほど情熱的な告白などできる気がしない。

（それに、あんまり好き好き言ってると、ありがたみがなくなるよな……）

上條はすぐに「好き」だの「可愛い」だのと言うが、侑李はそんな性格をしていない。

恋愛に関して、上條がオープンな欧米人タイプだとしたら、侑李は古風な純日本人タイプだ。大事な想いはそっと心の奥に秘め、本当に必要な時だけ口にすればいいと思っている。

（実際、恋愛感情って三年しか持たないらしいし……）

相手に恋愛感情を抱くのは、脳が分泌するオキシトシンやドーパミンのせいなのだが、実際侑李は三年以上付き合った人がいない。いや、それ以前に一年と持ったことがない。

そんな自分が、運命の番として上条と一生を添い遂げるのなら、愛の言葉など十年に一度囁けばいいのではないか？

「……おい、枝島？」

「は、はい！」

「何ボーっとしてんだ。ミーティング中だぞ」

「すみません！」

田治に注意されて、侑李は慌ててノートPCに目をやった。

「もしかして、退院した上条くんに愛されすぎて疲れてるぅ～？」

カフェスペースで、隣に座っていた榊に茶化され、「違います！」と侑李は慌てて否定した。

「こら、榊。枝島。おしゃべりもいい加減にしろよ」

「はぁい」

「す、すみません……」

再び田治に注意され、侑李はしょぼんと下を向いた。

「で、どこまで話が進んでましたっけ？」

メガネのブリッジを押し上げた篠田に、完全復帰を果たした上条が頷く。

「先日のダイブで俺が見てきたものを上げてみた。今、全員のＰＣに送信する」

そんな大事な話をしていたのか、と焦りながら、侑李は上條が送信してきたファイルを開いた。

すると中には、数枚の写真が入っていた。

「……っていうか、これ……」

その写真を見て、ヒュッ……と呼吸が一瞬止まった。

鼓動が歪《いびつ》に急いて、じっとりと額に汗をかく。

「そうだ。俺はずっと気になってたんだが、確証が得られなかったんでダイブに踏み切った。大石和明がこの件に絡んでいる確証を掴むためにな」

「そ、そんな……」

ショックで頭が回らなかった。

しかしＰＣ画面には、確かに和明の写真があった。

それ以外にも、見かけたことのある慶和大学の学生の顔もあった。教授の顔もあった。

住所や名前までは不明だったが、監禁されていたところがビジネスホテルの一室である可能性が高いため、特徴を手がかりに場所の特定も進められている。

そして上條は、加害者グループは和明を含めて五名いること。また、メンバーの中には赤い痣を持つ者がいたことなど、ダイブして得た情報を次々と報告してくれた。

「よし、これでこの件はかなり進歩するな。田中と篠田は引き続き上條から情報を聞き、犯人特定に当たってくれ」

「はい」

「了解しました」

田中と篠田は返事をすると、上條とともに自席へ戻っていった。

そして侑李は、大学への潜入調査を一旦ストップされた。

この件に友人の和明が絡んでいることから、もう一度対策を練って接触することになったのだ。

「枝島くぅん……大丈夫？」

ミーティングが終わっても、侑李は椅子から立ち上がることができなかった。

呆然《ぼうぜん》として、足に力が入らない。

サポート役として、侑李とともに待機を言い渡された榊が、背中を摩《さす》ってくれた。

和明と侑李が友人関係を築いていたことを知っているだけに、同情してくれているようだ。

もしかしたら、潜入調査のプロである彼も、似たような経験をしたことがあるのかもしれない。

他人事《ひとごと》ではない……といった感じで、榊は侑李に寄り添ってくれる。

「和明は……和明は本当にいい奴なんです。明るくて、社交的で、友達思いで。だから……」

「だから、みんな不信感を抱かないで大石に近づくんだよ。あの笑顔に騙《だま》されて、警戒心もなく、今のお前みたいにな」

和明のはずがないと続けようとしたら、ノートPCを取りに戻ってきた上条に、言葉の先を奪われた。

「そんな言い方、しなくてもいいじゃないですかっ！」

椅子を鳴らして立ち上がると、上条の瞳《ひとみ》の色は冷たくなった。

厳しい目でこちらを見つめる上条の目を、侑李は反発するように睨《にら》みつける。

上條は仕事に対して私情を挟むタイプではないので、加害者かもしれない人物が侑李に近い人物でも、真実は真実として報告したのだ。

この場では、恋人であろうと、運命の番であろうと関係ない。

むしろ私情は調査の邪魔になる。

「それとも俺がダイブして見てきたものが、間違ってるとでも？」

「違います！　そうじゃないけど……でも……上条さんのこと、今は信じることができません……」

この気持ちをどう整理すればいいのかわからなくて、侑李は唇を噛んだ。

「おい、上條。さっきの話だけど、もう一度聴かせてくれ」

「わかった」

田中に呼ばれて、上條は何事もなかったように席に戻っていった。

その背中を見送りながら大きく息を吐いたが、侑李の気持ちは平静を取り戻せなかった。

「ねぇ、枝島くぅん。これはね、僕の推測でしかないから、あとで上條くんに確かめてねぇ」

そう前置きして、榊は侑李を椅子に座らせると、隣に腰を下ろした。

「あのね、たぶんだけど……上條くんは早い段階から、大石が加害者の一人じゃないかって感づいてたんじゃないかなぁ。でも、枝島くんは大石のことが好きすぎて、他が見えなくなってたからぁ、上條くんの言葉が耳に入らなかった。だから枝島くんを納得させるため、危険を冒してダイブしたんじゃないかなぁ？」

「僕を……納得させるため？」

「そう。上條くんて、変なところで口下手だから。論より証拠って考えたんじゃないかなぁ？」

「…………」

確かに榊の言う通りだ。

侑李は潜入調査という仕事をしていたにもかかわらず、和明をいい奴だと思うあまりに、上條の言葉にまったく耳を貸さなかった。

完全に仕事とプライベートを混同していたのだ。

何度も上條が「お前に悪い虫がつかないように」と言っていたのは、もしかしたら和明のことだったのかもしれない。

それなのに侑李は……上條への反発もあったのだが……頑なに和明をいい人間だと思い込んできた。

「そうですね、僕の方が間違っていました。あとで上條さんに謝ってきます」

「うん、いい子だねぇ」

榊は微笑んでから侑李の頭をくしゃくしゃと撫でると、励ますように元気よく立ち上がった。

「さぁ、これから僕たちの班はもっと忙しくなるよ！　ダイブで上條くんが見てきたものは、裁判で物的証拠にはならないからねぇ。その証拠を、これから僕らが捜し出さなきや！」

「そうですね、上條さんが命を懸けて見てきたもの、捜し出しましょう」

「うん！　頑張ろぉ〜！」

きゃーっ！　とふざけながら抱きついてきた榊を抱き締め返しながら、侑李は己の考えを改めて、気持ちを新たにした。

潜入調査の難しさと、自分の不甲斐《ふがい》なさを痛感しながら。

◆◆◆

『大事な話がある』と和明に連絡を取ったのは、それから一週間後だった。

新緑が美しい構内の中庭で待っていると、時間ぴったりに彼は現れた。

今日も、和明は美しかった。

長い手足に上背のある体軀《たいく》は、遠目からでもすぐに彼だとわかった。

「よかったよ、侑李。一週間も大学休むからびっくりした。風邪《かぜ》はもう治ったの？」

ベンチに座る侑李の隣に腰かけた和明は、心配そうに顔を覗き込んできた。

「うん、ごめん。もう大丈夫だよ。元気になった」

侑李は今日、和明に話すべきことがあってここへ来た。とても大事な話だ。もしかしたら、これまでの人生で一番緊張しているかもしれない。

侑李は何度も深呼吸を繰り返すと、覚悟を決めた。

シミュレーションだって、何回も繰り返してきたのだ。

(大丈夫、絶対に上手くいく！)

そう思っても心臓のドキドキは一向に止まらず、暑さのせいだけではない汗が流れた。

「大丈夫？　まだ顔が赤いみたいだけど……」

和明の大きな手のひらが額に当てられて、熱を測られた。

それに驚き、小さく身体が飛び跳ねる。

「ごめん！　びっくりさせちゃったかな？」

気遣われ、「ううん！」と首を横に振った。

さぁ、早く言わなければ！　そうしないとせっかく決めた覚悟が揺らいでしまう。

侑李はニコニコと微笑む和明を真っ直《す》ぐ見た。ごくりと一つ唾を飲み込んで。

「あ、あのな！　和明。今日は……大事な話があるって言ったじゃん！」

「うん」

さらに深まった彼の笑顔に、侑李は大きく息を吸って一気に言葉を吐き出した。

「ぼ、僕ね、じ……実は和明のことがさ……す、好きかもしんない！」

拳を握り、意を決してすべてを言い切ると、驚いたように和明は目を見開き、何度も瞬きを繰り返した。

「えっ？　俺のことが好きって？」

「だから、その……恋人として、お付き合いしてもらいたいな……って」

もじもじと手を動かし、侑李は赤くなった顔を俯《うつむ》けた。

すると和明にすっと顎を取られて、上を向かされる。

「本当に？　嬉しいなぁ、俺も侑李が好きだよ。初めて教室で見かけた時から、ずっと好きだったんだ。愛してる」

「ほ……本当に？」

「本当だよ、俺たちは両想いだね」

「嬉しいっ！」

侑李は耳まで真っ赤にしながら、両手で顔を覆った。

するとその手を剝《は》がされて、今度は和明に真っ直ぐ見つめられる。

「素敵な茶色い瞳だね。ガイドには魅力的な子が多いっていうけど、その中でも侑李はとびぬけて綺麗だ」

「和明……？」

端整な顔がゆっくりと近づいてきて、侑李の赤い唇に冷たい唇が押し当てられた。

「愛してるよ、侑李。君が僕に惚《ほ》れたのは『運命』だ。――今夜、僕と過ごしてくれる？」

「も、もちろんだよ……」

言葉の意味を理解し、恥じらいながら頷くと、涼やかで艶やかな和明の目元がすっと細められた。

「そうか。今夜空いていたのも運命だね」

和明が、なぜ何度も運命と口にするのか、侑李にはわからなかった。


六時限目まで講義を受けたあと、侑李は和明とともに夜の繁華街を歩いていた。

「ねぇ。どこに行くの？」

行先も告げず歩き続ける和明に、侑李は不安になって訊ねた。

しかし彼は、普段の優しさなど忘れてしまったかのように、冷淡な口調で告げる。

「いいから、黙ってついてきて」

それなのに、手はしっかりと繋がれていた。まるで逃がさないといわんばかりに――。

しかも和明は、大学を出てからというもの一切笑わなくなった。

会話もまったくなくなり、温かかった眼差《まなざ》しも今は氷のように冷たい。

これが、想いが通じ合った日の恋人同士の雰囲気だろうか？

（まるで拉致されてるみたいだな……）

侑李はポケットに入れていたスマホをちらりと見た。電源がちゃんと入っていることを確認しつつ、時刻も把握する。

「もう夜の八時を過ぎたね」

話しかけたが、今度は返事もなかった。

一体自分はどこに連れていかれているのだろう？

そう思いながらおとなしくついて行くと、繁華街から外れたホテル街に着いた。しかもずいぶんと寂れた一角で、街灯の数も少ない。

「ここは？」

古ぼけた外観をした、茶色い外壁のホテルの前で和明は足を止めた。

「知り合いが経営しているビジネスホテル。ここだったら好きなだけ一緒にいられるから」

　侑李のことを見ようともせず、口早に告げられた言葉は相変わらず冷たかった。

「なんだかここ、雰囲気が怖いよ……和明」

　素直な感想を口にすると、強い力で肩を抱かれた。

「怖いことなんか何もないさ。大丈夫、俺たちはずっと一緒だよ」

　再び「運命だから」と言われて肩を抱く腕に力を込められた。

　そして有無も言わせずホテルに連れ込まれたかと思うと、カウンターも通らずに直接エレベーターに乗り込む。

「チェックインはしなくていいの？」

「顔パスなんだ、俺」

「顔パスって……」

　侑李はエレベーターを降りたのと同時に、今朝、大学へ行く前に上條から受け取ったペンダントを握った。クロスモチーフのついた、ファッション性の高いものだ。

　確かに不安だったけれど、これを握ったのはお守り代わりではない。

　裏についた、小さなスイッチを押すためだ。

「六〇五号室？　ここに入るの？　和明」

「あぁ」

周囲を気にするように和明がノックすると、内側から静かに扉が開けられた。

「ずいぶん遅かったじゃないか。待ちわびていたよ」

顎髭を生やした初老の男は、大学内で見たことがある経済学部の教授だった。

「すみません。今日は六限目まで講義があったもので」

「善良な学生のようなことを言うな」

「善良な学生ですよ、俺は」

和明の返答に声を上げて笑うと、教授は侑李と和明を部屋の中へ入れた。

背後で扉が閉まり、侑李の緊張は一気に増す。

そこには、教授以外に三人の男がいた。

一人は年上で同じ大学の学生。もう一人は勤勉なサラリーマン風の男で、もう一人は堅気な匂いがしない男だった。

部屋の広さは想像していたよりも広く、大人の男が六人いても狭い感じはしなかった。

ソファーセットとキングサイズのベッドが置かれ、奥にはカウンターバーまであり、ここはたぶんセミスイートといわれるような部屋ではないか？　と考えた。

「和明、この人たちは誰なの？」

縋るように彼を見上げたが、答えはなかった。

その代わりソファーに座っていたサラリーマン風の男が、神経質そうに目を動かしながら口を開いた。

「あ、相変わらず大石くんは綺麗なガイドを連れてきますね。こ、これでまた僕たちも楽しむことができます……」

男は極度の人見知りなのか、どもりがちだったが、侑李が来たことを喜んでいるようだった。

「っていうかさ、もうさっさと始めようぜ。俺、相当疲れてんだけど～」

ヤクザ風情の男が怠そうに伸びをすると、慶和大学の学生も頷いた。

「そうだね。さっさと体液を搾取して終わらせよう」

彼らの言葉に応《こた》えるように、和明の腕にさらに力が入り、侑李は前にも後ろにも動けなくなる。

「……体液って、一体なんの話？」

怯《おび》えながら侑李が問うと、和明ではなく教授が答えた。

「ガイドなら、君もわかってるだろう？　私たちセンチネルが欲するのは、君の体液だ。さぁ、服を脱いで横になって。いい子にしてれば気持ち良くしてあげるよ」

この言葉に怖気《おぞけ》が走った。

そして侑李は、「嫌だ！」と首を横に振った。

そうしてもう一度助けを求めるように和明を見上げると、今度はちゃんと目を見てくれた。

「大丈夫だよ。すべてを忘れる薬を使ってあげるから。侑李は凌辱《りょうじょく》された記憶なんて残らない。怖い思いもしない。安心して」

中央に置かれていた椅子に座らされ、侑李は周囲を男たちに囲まれた。

和明は侑李の前にあるテーブルに自分の鞄《かばん》を置き、中を漁り出す。

しばらくして取り出されたものは、小さな茶色い薬瓶と注射器だった。

それを目にして、侑李は恐怖からドアへ駆け出すと、男たちに捕まえられた。

「……何それ？」

「おっと、逃がしませんよ」

思ったより教授は力が強く、侑李は腕を振り切ることができなかった。

サラリーマン風の男も同様に力が強くて、細くても怪力なところを見ると、やはり彼らはセンチネルなのだと思った。

二人に捕まると、侑李は抵抗むなしくベッドへ連れていかれ、そのまま張りつけられるように男たちに両腕を押さえられた。

その間に、和明は淡々と無表情のまま、注射の準備を始める。

「嫌だ！　和明！　それは何⁉　変なものを僕に打たないで！」

震えた声で叫ぶと、大学生がどこか楽しそうに答えた。

「安心しろ、これはリザンジーナっていう鎮静剤だ。これのおかげで、お前の記憶は全部吹っ飛ぶ」

「リザン……ジーナ」

確かめるように、薬の名前をゆっくりと復唱した時だった。

「──ＳＧＩＰＡだ。おとなしくしろ！」

防弾チョッキに身を包み、銃を構えた上條が警官を引き連れて部屋に突入してきた。

「上條さん！」

男たちは弾《はじ》かれたようにそちらを振り返る。

「枝島！」

「た、田治さん！　榊さん！」

後ろには田治と榊がおり、侑李を押さえていた男たちに銃口を向けた。

教授もサラリーマンもそれに動揺し、おとなしく両手を上げる。

和明は悟ったような冷静な表情で、ＳＧＩＰＡや警官たちを見つめていた。

次々と警官に取り押さえられ、犯人たちに手錠がかけられる中、激しく抵抗したヤクザ風情の男がドアに向かって逃げ出した。

「待てっ！」

それに素早く反応した上條が男の腕を摑むと、その反動で男のシャツのボタンが弾け、胸にある大きな痣が露《あら》わになった。

（あれは……！）

それは被害者の証言の中にあった赤い痣だった。

「くそっ！」

男はケンカ慣れしているのか、振り返った反動を使って、上條に思いきり拳を繰り出した。

しかし、上條も戦うことには長《た》けている。

胸の前で交差した腕でその拳を防ぐと、長い足で思いきり男の腹を蹴《け》り上げた。

「うっ……」

鳩尾《みぞおち》にヒットしたそれに、男は腹を抱えて倒れ込み、その隙《すき》に警官たちが手錠をかけた。

「侑李、大丈夫か！」

「上條さん！」

腰のホルスターに銃をしまうと、上條はベッドの上の侑李を抱き締めた。

「よく頑張ったな。証拠はすべて録音できたぞ」

「よかった……」

初のおとり任務の成功に、侑李はほっと胸を撫で下ろした。

心臓はまだドキドキと鳴っている。

上條からもらった、ＩＣレコーダーが搭載されたペンダントの電源を切ると、やっと深呼吸できた気がした。

本件の主犯格であると考えられた和明は、手錠をかけられても抵抗せず、刑事や田治の質問にもおとなしく答えていた。

リザンジーナも自分が用意して持ち歩いていたものだと、あっさりと認めた。

田中や篠田は現場の写真を撮ったり、上條と話し合っていた。その会話の中から「ダイブで見たのはこの部屋だ」という上條の言葉が、ハッキリと聞こえた。

ベッドの縁に座り、しばらく呆然としていた侑李だったが、和明が部屋から連行される光景を目にして、いてもたってもいられなくなった。

「和明！」

今の自分に何ができるわけではないが、ほんのひと月だけでも友人だったのだ。そんな彼の力ない背中に、侑李は悔しさと寂しさと切なさを感じた。

しかし侑李の想いとは裏腹に、彼は感情の読めない瞳でこちらを一瞥《いちべつ》すると、警官に連れられて、部屋を出ていった。

ただ小さく、最後に「侑李」と口元が動いて微笑んだように見えた。

「和明……」

胸が不意に熱くなって、鼻の奥がツンッと痛んだ。

なぜあんなにいい奴が、こんな事件を起こしたのだろうか？

なぜあんなにガイドにも優しかった彼が、ガイドを食いものにするような犯罪に手を染めてしまったのだろうか？

零れた雫《しずく》を手の甲で拭うと、そっと上條の腕が伸びてきて、ぎゅっと抱き締められた。

こんな時ばかり、上條は気が利くのだ。

普段は俺様で強引なのに。

それなのに、本当に侑李が弱ってしまった時はどこからともなく現れて、支えるように抱き締めてくれる。

だから侑李は、声を殺して泣くことができた。

ＳＧＩＰＡや警官がせわしなく行き来する犯行現場の真ん中で、侑李は思う存分泣くことができた。

だから、この時ばかりは上條に感謝した。

家に帰って二人きりになったら、自分からキスをしてあげてもいいかもしれないと思うほどに。

和明が一体何を思い、何を考えてこんな犯罪を犯したのか。

その真相は、これから行われる取り調べで明らかになるのだろう。

6

侑李がおとり捜査に臨むことになったのは、これまで集めた情報と、上條がダイブで見てきたものが、すべて線で繋がったからだ。

上條がダイブして見たものの中で一番印象的だったのは、笑顔で近づいてくる和明だったという。

日比谷は潜在意識の中で彼に憧《あこが》れを抱き、もし彼に誘われれば付き合ってもいいとさえ思っていたようだ。和明の笑顔とおおらかさに、日比谷も惹《ひ》かれたようだった。

後日、日比谷に和明と面識があるかどうかを訊ねると、素直に認めてくれた。

そして潜入調査中だったSGIPAのガイドにも近づいてきたという点から、和明についいて、さらなる調査が行われることになったのだ。

すると和明は、高校時代にグライダーの墜落事故で亡くなったリザンジーナの開発者、小野塚と付き合っていたことがわかった。

二人は周囲も認める仲で、一緒に慶和大学を受験し、入学したらしい。

しかし二人は、センチネル同士だったのでどうしてもガイドが必要だった。

その時、二人が『共有』していたガイドが、グライダーに同乗していた慶和大学の学生だった。

しかしその学生は、グライダーが墜落した時、まだ息のあった小野塚を助けようとはしなかった。

まだ意識があるうちに自分の体液を小野塚に摂取させていたら、助かる見込みは十分にあったと、小野塚が搬送された先の医師は言っていた。

「どうして同乗していたガイドは、小野塚を助けなかったんでしょう？」

「本人曰《いわ》く『気が動転していて、救命措置に当たれなかった』らしい。でも……」

「でも？」

侑李の問いに、夏場でもホットを好む上條が、コーヒーを啜《すす》りながら答えてくれた。

「そのガイドは大石と小野塚と高校からの同級生で、いつも三人で行為に及んでは、体液を大石と小野塚に与えていたそうだ。けれどもそのガイドは大石に恋をしていた。だから恋人だった小野塚をずっと邪魔だと思っていてな。故意に助けなかった……とのちに大石に告白している」

「故意に助けなかったんですか？　じゃあ、見殺しにしたってことですか？」

「そうなるな」

「で、そのガイドにこの話の裏は取れたんですか？」

「あぁ。そのガイドはこの案件の第一被害者だからな。大石が白状したと伝えたら、涙ながらに教えてくれたよ。あの時、小野塚を助けなかったことを今では後悔していると」

「そうなんですか……」

侑李は今、和明の聴取に立ち会った田治と上條から、この案件の真相をカフェスペースで聞いていた。

隣には榊が座り、向かいには篠田と田中がいる。みな自分たちが集めた情報から、大体予測はしていたが、やはり真実は想像より何十倍も重い。

そこに人の感情が絡めば、案件は『出来事』から、一つの『物語』へと変わる。

不謹慎かもしれないが、侑李は上條の話を聞いてそう思った。

「そこで大石は、同乗していた森本に復讐を思いつく。しかし命までは奪わなかった。『本当は殺してやりたかった』と言っていたが、学内でセンチネル相手に売春していた知人から紹介された男たちに、強姦させることで復讐を果たしたんだ」

「その紹介してもらった相手っていうのがぁ、あの大学教授とぉ神経質なサラリーマンとぉ、大学生とぉヤクザだったんだねぇ」

田治の説明に、榊は納得したというように腕を組んで頷いた。

調査上にも、この売春していた学生は浮かんでいた。しかしこの学生は学力の面からすでに退学し、親の勧めで海外に移住していたため、探し出すのに苦労した。

「どうして森本を集団レイプする際に、リザンジーナを使用したんだ？　こんな新薬を使ったら、足がつくとは考えなかったのか？」

篠田の鋭い問いに、上條が答える。

「大石は、あえてリザンジーナを使ったと言っている。小野塚を殺した相手を、小野塚が開発した薬によって酩酊《めいてい》させることで、復讐を果たしたと」

「それで、リザンジーナは我々の推測通り大石の自宅にあったんですか？」

「あぁ、一ダース所有していた。クローゼットの一番奥に隠していたと供述している」

田中がずっと不思議に思っていたリザンジーナの在処《ありか》を、田治が説明してくれた。

「でも、一ダースもの新薬をどうやって入手したんだ？　やっぱり恋人の小野塚から預かるように言われていたのか？」

いつものタンブラーの縁を咥《くわ》えながら、篠田が誰にともなく言った。

「その推測は当たっていた。リザンジーナの開発にまだまだ可能性を感じていた小野塚は、こっそり研究所からリザンジーナを持ち出して、自宅に作った研究室で開発を続けていたらしい」

「しかしリザンジーナが手元にあると不都合だから、恋人の大石に預けていた……と」

上條の話に納得したらしい篠田は、「恋人にブツを預けるのって、常套《じょうとう》手段だもんなぁ」と呟いた。

「だけど森本への復讐が終わったんなら、もうそこで犯行は終わりにすればよかったのに」

侑李の素直な言葉に、田治が「そこなんだ」と少し呆《あき》れ気味にため息をついた。

「リザンジーナを使えば、記憶は曖昧になり、犯行に及んだ加害者のことは覚えていない。しかも森本は大石に惚れていたから、大石の名前も、彼に繋がる加害者の名前も絶対に刑事に言わなかった。森本は自分が小野塚を殺したという負い目もあったことから、被害届も出さなかったんだ。この状況に味を占めたのが大石以外の四人だった」

「もしかして……和明は脅されてたんですか？」

「あぁ。森本の件をバラされたくなかったら、新しいガイドを連れてこいと」

「そんな！　森本の件がバレたら教授だって、あのサラリーマンだって大学生だって社会的地位を失いますすよ？　それなのに和明だけを脅すなんて……」

「主に脅していたのは、赤い痣を持つヤクザの杉田《すぎた》だったらしい」

「杉田……」

侑李はその名を復唱した。

杉田とは、犯行現場から逃げようとして、上條に蹴りを喰《く》らっていた人物だ。

「とにかく大石は目をつけたガイドに近づき、自分にとことん惚れさせて、事件発覚後も自分たちの名を決して刑事に言わないだろうと、確信した相手だけをホテルに連れ込み、リザンジーナを使って強姦していたらしい。その後は身体を綺麗に洗って証拠を消し、人目につきやすい大学近くの公園で解放したと言っている。少しでも早く警察に保護してもらえるようにな」

「和明の心境も……複雑だったんですね」

「しかしな、大石はこんな供述もしている」

上條はテーブルの上で指を組むと、侑李を真っ直ぐ見た。

「『小野塚を失ってからは、ガイドがみな憎くなった』、『もし自分がガイドだったら、ずっと小野塚を癒すことができた』と。さらに『好きでもないガイドと小野塚との3Pは、毎回苦痛でしかなかった』ともな」

「苦痛？」

「あぁ、センチネルはどうしてもガイドの癒しを必要とする。ハイスペックな奴はその分消耗が激しいから、必ず定期的に自分を癒してくれるガイドが必要になるんだ。でも、その相手が全員自分と相性がいいとは限らない。それどころか定期的にガイドの体液を搾取できなくて、ガイクラへ通うセンチネルもいる。早い話があぶれ者だな」

確かに、センチネルの人口に対してガイドの人口は圧倒的に少ない。だからセンチネル全員が関係を維持できるガイドと知り合うことが難しいのが現状だ。

そんな中であぶれた者が、ガイドを無理やり強姦する事件はあとを絶たない。

今回も、そんな悲劇が生んだ案件だったのかもしれない。

「あの、これから和明はどうなるんですか？」

不安になり、縋るような目で上條を見ると、彼はゆっくりと瞬きを一つした。

「大石の父親の知り合いが、名うての弁護士でな。彼が大石を弁護するそうだ。森本の事件は擁護しようがないが、山本と有嶋と赤池と日比谷の件は脅されて行った犯行だから、罪が軽くなる可能性はある」

「そうだねぇ。日比谷くんが被害届を出した以上、これはもう立派な誘拐事件だもん。事件となれば僕らの手を離れてしまうし……とりあえず、あとは司法に任せるしかないねぇ」

「司法……」

侑李は現実を目の当たりにし、ぽつりと呟いた。

友達だと思っていた明るくて優しかった和明は、今は加害者であり犯罪者なのだ。

罪を憎んで人を憎まず……という言葉もあるが、そればかりではないということを、侑李はわかっている。

犯罪を犯すのはいつだって人だ。人間なのだ。

和明にはちゃんと罪を償って、また社会に出てきてほしいと切に願った。


のちに和明は、昨年の夏に起きたトラックとの接触事故は、自殺を図ったためだと弁護士に話したという。大好きだった恋人を失い、和明は無意識のうちに赤信号の歩道を渡っていた。

そして運命という言葉は、亡くなった小野塚が好きだった言葉だそうだ。

しかし和明は、その言葉をガイドへの復讐を果たす際に用いていた。

そこには、とても侑李が理解することができない、深い闇が存在していたのだ。

深くて暗い、心の闇が。

◆◆◆

「赤池が挙動不審な態度をとったのは、和明が好きだからだったんですね」

「ん？」

段ボールをいっぺんに三つも抱えてきた上條は、それをどさっと床の上に置いた。

「だからその……僕が潜入調査をしている時。僕と和明が付き合ってるって誤解した赤池が、過剰な反応を見せたって話したじゃないですか」

「あぁ」

「今思えば、自分の好きな人に恋人ができたって思ったら、赤池みたいに焦りますよね。自分たちが繋がっていることを、周囲には黙っていろ……と和明に口止めされてたって赤池は言ってましたけど。それでも反射的にああいう反応をしてしまったんだろうなぁって」

キッチンで数少ない食器を荷解きしながら、侑李はぼんやり遠くを見つめて口にした。

和明の裁判が始まった今日。

侑李は有休を取った。

それは和明の初公判を傍聴するためでなく、隣に引っ越してきた上條の手伝いをするためだった。

侑李は、和明が罪を償って刑務所から出てくる日に、会いに行こうと決めていた。

それが何年先になるかはわからないけれど、出所する日に和明に笑顔を見せられたらいいと思う。また、彼の笑顔も見られたらいいと。

彼は人を心身ともに傷つける大罪を犯したけれど、自分に見せてくれた笑顔や優しさは彼本来のものだと思っている。

だから……仕事上、彼とはもう友達にもなれないが……コーヒーの一杯ぐらいは一緒に飲みたい。

大学のカフェテリアで過ごした、あの穏やかな時間を思い出しながら。

「上條さん、荷物はこれだけですか？」

「あぁ、これで全部だ」

そう言って彼は六つの段ボール箱と、午前中に搬入された大きなダブルベッドに目をやった。

「他の家具は？」

「ない」

「えっ？」

「これまで使ってたやつは、全部タワーの所有物だし。これからソファーとダイニングテーブルを買いに行く」

「これから買いに行くんですか？　普通は引っ越し当日に全部届くように準備しませんか？」

意外なところでズボラな上條に呆れると、彼は別段気にしたふうもなく、まだ何もない１ＬＤＫの部屋を見渡した。

「ここんところ新しい案件のせいで忙しかったんだよ。だから大事なベッドだけはなんとか用意したんじゃないか。それに、実物が見られないネットショッピングは嫌いだし。侑李、お前も買い物を手伝ってくれ」

「それは構いませんけど」

とりあえず皺になりそうな衣類だけ段ボール箱から出してクローゼットにかけると、二人は上條の愛車で街へ出た。

「昼飯は何が食べたい？」

ハンドルを切って信号を渡り、高速に乗ったあたりで声をかけられた。

「そうですね……パスタかな？　ムール貝とかイカとか、シーフードがたくさん入ったトマトソースのパスタが食べたいです」

「ずいぶんピンポイントだな。じゃあ、俺が世界で一番美味いと思ってる、パスタの店に連れてってやる」

「本当ですか？」

上條の言葉に、侑李の瞳は輝いた。

彼は味覚もいいので、本当に美味しい店をたくさん知っているのだ。

「買い物に付き合ってくれる礼だ。好きなものを好きなだけ食え」

「やったー！」

嬉しくてガッツポーズをすると、運転席の上條が笑った。

「うちのカミさんには、本当に食いしん坊だな」

「まだカミさんにはなってません。それに僕が食いしん坊になったのは、上條さんの手料理のせいでもあるんですからね。体重が増えたら責任取ってくださいよ」

「どうやって？」

「んー……一緒に毎朝走るとか？」

「それより、俺が通ってるキックボクシングのジムに行った方が痩《や》せるぞ。それに戦う術も身につけられるしな。一石二鳥だ」

「確かに」

侑李は走ることは得意でも、戦うことは苦手だ。

そろそろ上條を見習って、何か術を身につけた方がいいのかもしれない。

上條が好きなジャズが流れる車内は相変わらず快適で、車も順調に走り、気がつくと郊外にある北欧家具の大型量販店に着いていた。

「あ……僕、このお店来るの初めてかも」

そう言ってから、二人でのんびり買い物するのも初めてじゃないだろうか、と侑李は思った。

初のお買い物デートに侑李はドキドキしだした。

近所のスーパーで食材を買うのとは違う感覚に、ワクワクと胸も高鳴る。

和明の事件が解決してからしばらく経つが、その間も新しい案件がいくつもやってきて、忙しさは半端ない。

実のところ、最近は忙殺されていてセックスもしていなかった。

キスは毎日のようにしているが、夜になると二人とも一瞬で寝てしまって、それどころではなかったのだ。

初めて訪れた北欧家具の量販店は、見ているだけでも楽しかった。

しかも価格も安く、魅力的なカトラリーやインテリア雑貨がたくさんあって、侑李はついつい必要以上に買い込んでしまう。

「これ、お前の部屋にも置くんだよな？」

車に荷物を載せながら、上條が怪訝な顔で訊いてきた。

「何言ってるんですか。全部上條さんの部屋に置くんですよ？」

「こんなにラグやタオルや照明ばっかいらねぇよ。半分は責任もってお前が引き取れ」

「えーっ！　部屋が狭くなるからやだー！」

些細《ささい》なやり取りすら楽しくて、侑李は自然と笑ってしまった。

やっぱり恋人はいいなぁ……と心の底から思う。

いや、侑李にとって上條はバディなのだが。

決してまだ恋人とは認定していないのだが。

それからまた車で都内へ移動し、上條推しのイタリアンレストランへ行くと、初夏の風が心地良いテラス席へ通された。

中庭にプールがある、かなりしゃれた店だ。

しかも料理も前菜からデザートまで本当に美味しくて、少し太いパスタで作られたペスカトーレは絶品だった。生まれてからこんなに美味いペスカトーレは食べたことがない！

と、膝を打つほどに。

必要な買い物を終えて腹も満たされ、二人は帰路についた。

「ただいまー」

と、当たり前のように上條の部屋に入ってしまって、侑李はハッとする。

（いかんいかん！　こんな半同棲《どうせい》しているようなこと言っちゃだめだ。親しき中にも礼儀あり！　言い直さなきゃ！）

そう思って、「お邪魔します」と言い換えようとした時だ。

あとから入ってきた上條に「おかえり」と言われ、侑李は背後を振り返った。

「なんだ？」

その視線を訝しく思ったのか、上條が片眉を上げる。

「あの……僕が上條さんの家に『ただいま』って帰ってきても、不愉快じゃないんですか？」

「どうして？　俺のカミさんなんだから、ここはお前の家でもある。『ただいま』って言ってもおかしくないだろう」

「そういう……もんですかね？」

「そういうもんだろ」

後ろ手にドアを閉めた上條は、ズボンのポケットを探って何かを取り出すと、侑李の手のひらに置いた。

「なくすなよ」

「えっ？」

見れば、そこには鍵が一つ置かれていた。

「これって……」

「この部屋の合鍵だ。スペアは今んとこないから、なくすんじゃねぇぞ」

上條は靴を脱ぐと、部屋に上がる前に侑李の額にキスをした。

「……だから、不意打ちのチュウは苦手なんだってば」

頰を真っ赤にしながら、侑李は呟いた。

そうして、機嫌良さそうに部屋の奥へ行ってしまった上條を睨む。

自分たちは今、完全に蜜月期《みつげつ》だと思いながら、侑李も続いて部屋に上がった。


それからしばらくは荷解きの続きをし、買ってきた照明やラグをあーでもないこーでもないと言いながら配置して、ソファーやダイニングテーブルはまだ届かないものの、それなりに居心地の良い部屋ができた。

「タワーを出て暮らす日がこようなんて、思わなかったな」

二人で座っていたベッドに、上条が独《ひと》り言《ご》ちながら仰向けに寝ころがった。

「上条さんは、どうしてずっとタワーに住んでいたんですか？」

その横にうつ伏せで横になりながら、侑李は訊ねた。

「ただ単に、本当に面倒臭かっただけなんだ。それをストレートに福本の親父《おやじ》に言ったら、『好きなだけいればいい』って言われて、そのまま」

「希望がすんなり通っちゃうって、ある意味すごいですね」

驚く侑李に、上条は小さく笑った。

「福本の親父も、俺の出生が複雑だから強く出られないんだろう？　常に脅されてる気持ちなんじゃないか」

「そうでしょうか？　純粋に上条さんのこと、可愛い息子だって思ってるんじゃないですか？」

侑李の何気ない言葉に、上条がびっくりしたように目を見開いた。

「どうかしましたか？」

訊き返すと、「いや」と返事が返ってきた。

「そんなふうに一度も考えたことなかったから……ちょっと新鮮だった」

「新鮮って……」

「小さい時から、親に『愛してる』とか『可愛い』なんて、言われたことがなかったからな。でも、もしかしたら俺が見落としてただけで、お袋も福本の親父も、俺を愛してくれてたのかもしれない」

自嘲《じちょう》の笑みを浮かべた上條に、侑李の胸がきゅうっと痛んだ。

侑李は、親に愛されて当たり前だと思う温かい家庭で育ったが、この世にはそう思えない複雑な家庭だってある。

そのことを痛感したのと同時に、侑李は普段から思っていることを口にした。

「上條さんはみんなに愛されてますよ。この間ゾーンアウトして、意識がなかなか戻らなかった時、榊さんが教えてくれたんです。上條さんに運命の番が見つかったって聞いて、みんな『よかったね』って言ってたって。これで『上條くんにも家族ができたね』って喜んだって」

「俺に家族が？」

「はい。もし僕が上條さんのカミさんになったとしたら、僕はあなたの家族になるんです。

もう一人になんてさせませんからね」

目を瞬《しばたた》かせた上条に、侑李は少し怒ったように頬を膨らませた。

孤独だなんて、もう思わせないんだから。

一人だなんて、もう悲しませないんだから。

「そうか……なぁ、侑李。今、俺のカミさんになるって誓ってくれよ。そうしたら俺、天にも昇りそうなほど嬉しいんだけど」

「えっ？」

横を向き、侑李と目を合わせた上条が穏やかに微笑んだ。

「えーっと、それは……」

「まだ心が決まらないか？」

優しく問われて、頬の熱が一気に上がった。

「ち、違います！　でも……その……」

「その？」

そうこうしているうちに耳まで熱くなってきて、侑李は枕に顔を突っ伏した。

「は……恥ずかしくて、今は言えません！」

上条のことはたぶん好きだ。

いや、確実に好きだと思う。

しかしこんなに近い距離で、面と向かって「カミさんになります！」と言えるほど、まだ侑李は図太くない。繊細で恥ずかしがり屋な二十三歳なのだ。

「じゃあ、もっと恥ずかしいことしたら、『カミさんになる』って言ってくれるか？」

「えっ？」

この言葉に顔を上げると、目鼻立ちがはっきりとした端整な顔が近づいてきて、甘く唇を吸われた。

「ん……」

バディとしてキスなんて毎日しているのに、それでも胸のときめきは未だ消えない。毎回毎回唇を重ねるたびに、心臓はドキドキと胸膜を打った。

「あ……だめだって……」

そのまま仰向かされて、両手首を優しくベッドに縫い留められる。

「ふ……ぁ……」

舌を絡めて口内の深くまで探られて、思わず口を開けると下唇を甘噛みされた。

「好きだ、侑李。結婚しよう」

「かみじょ……さ……」

頬に、額に、こめかみにキスの雨が降ってきて、ぎゅっと上條のシャツを摑んだ。

「今日は、自分で服が脱げるか？」

「は、はい……」

あやすように柔らかな眼差しで訊ねられ、侑李は幼子のような気持ちで頷く。

「いい子だ。服を脱ぐところを見せてくれ、侑李」

再びキスをされ、髪を撫でられた。

侑李は甘やかな魔法にかかったように、もぞもぞとジーンズを脱ぐと、ベッドの下にパサリと落とした。そして半袖のTシャツを胸元までゆっくり捲《めく》り上げる。

「今日のビキニ、ボーダー柄で可愛いな。しかもピンクの乳首ももう立ってるぞ」

「あ……んっ」

舌先で尖《とが》った先端をもてあそばれ、侑李の背中が撓った。

ちろちろと敏感な場所を擽るように舐められて、嫌だと頭を振る。

「やだ……かみじょ……さ……そんなこと、しないで……」

呼吸が上がり出した侑李が懇願すると、すっかり立ち上がって硬くなった乳首を、爪《つめ》でカリカリと引っかかれた。

「ひゃ……ん」

もどかしくてこんなに恥ずかしい愛撫《あいぶ》は苦手なのに、なぜか侑李はもっとそこを可愛がってほしいと、胸を突き出してしまう。

「いやらしい身体をして……たまんねぇな。やっぱり侑李は最高だ」

「あん……あぁ、ひゃぁ……」

右の乳首を指先で転がされ、左の乳首はべろりと舐められた。

そして、乳輪ごときつく吸い上げられる。

「んんーっ……きもちい……気持ちいいから、やめて……上條さん……」

両脚の間には逞しい身体が入り込み、この甘い責め苦から逃げようにも逃げることができなかった。

「お前は本当に矛盾したことを言うな。気持ちがいいからやめろって。普通は逆だろ？」

クスクス笑って短く口づけてきた上條に、侑李は首を傾げる。

「逆って？」

「だから、気持ちいいからもっとしてって言うもんだろ？」

「あん……っ」

ボーダー柄のビキニの上から性器を摑まれ、侑李はびくりと身体を跳ね上げさせた。

勃起《ぼっき》しかけている肉茎を手のひらで辿られて、もどかしさから指を嚙む。

すると扇情的な姿に興奮したのか、上條は舌舐めずりすると、侑李の股間《こかん》に顔を埋《うず》めた。

「あぁ……っ」

ビキニの上から食《は》むように肉茎を刺激され、艶《なま》めかしく腰が揺れた。

宝珠を揉まれて、堪らず両脚を大きく開く。

布面積の少ないビキニからは勃起した侑李の亀頭が覗き、上條は嬉しそうにそれを舐め回した。

「やぁ……ん」

枕の端を掴んで、淫《みだ》らな愛撫に必死に耐えた。

すでに潤んでいる後孔をビキニの上からつつかれて、その刺激にペニスはさらに硬さを増す。

「侑李のカウパー、マジで美味いよな……もっともっと舐めたくなる」

ジュッジュッ……と音を立てて先走りを吸い取られ、侑李は耳からも犯されていく。

「ほんと……やだっ……上條さん……パンツ、脱ぎたい……」

下着越しに淫猥《いんわい》なことをされて、羞恥が込み上げてくる。

しかし上條に「だめだ」と喉奥《のどおく》で笑われ、許してはもらえないのだと観念した。

するとビキニをグイッとずらされて、双丘の奥に秘された蕾《つぼみ》に指を挿入される。

「あぁ……ん」

脱ぎたいのに脱がしてもらえない下着を身につけたまま、アナルを弄られるなんて初めての体験で、侑李は堪らない羞恥と快感から両手で顔を覆った。

そんな侑李に気づいているのに、上條は愛撫の手を止めようとはしない。

いや、気づいているからこそ後孔に指を増やし、侑李のいいところをコリコリと可愛がるのだ。

「だめだめだめ……！　そこは……だめぇ……っ」

勃起したペニスはすっかりビキニから飛び出し、竿《さお》の部分を上條に舐め上げられた。

後孔もグジュグジュ……と音を立てるほど潤んでいて、侑李は前からも後ろからも責め立てられる。

「あぁ！　いく……いっちゃう……っ！」

自分の意思とは関係なく全身の筋肉が収縮し、その力が解き放たれるように、侑李は上條の口内に射精した。

最近出していなかったせいで、精液の量は多く、長く長く絶頂が続く。

「あぁ……んっ……んんっ……ぅん」

上條の口内に先端を擦《こす》りつけるようにして腰を動かしながら、侑李は吐精が終わるとベッドにぐったり身体を投げ出した。

そのまましばらく荒い息をついていると、上條は着ていたシャツを脱ぎ捨て、ズボンの前立てを開けた。

目の端に、硬く屹立《きつりつ》した彼の赤黒い熱が映る。

そして侑李のTシャツを脱がせると、上條は再び乳首に吸いついてきた。

「あんっ！　上條さ……っ」

その頭を抱き締め、侑李は幼子のように乳首を貪る上條を受け入れた。

するともう片方の先端を指先で摘《つ》まれて、クリクリ……と弄られる。

「だめだってば……もう気持ちいいことはしないで……っ！」

訴えたが、上條は侑李の乳首に夢中なのか、チュウチュウと吸いついて、返事もしない。

それどころか乳首を弄っていた指を下方に伸ばし、侑李の後孔へと再び挿入した。

「ひゃ……っ」

一度絶頂を迎えたアナルは、すでにとろとろに解《ほぐ》れていた。

そこに節が太くて長さのある上條の指が三本も挿《い》れられて、激しく抜き差しを繰り返される。

「やだぁ……あん、あぁ……あんっ、あぁ……っ！」

熱く蕩けた内壁を擦られて、全身に甘い痺《しび》れが走った。

「上條さん……上條さ……」

ペニスは再び力を取り戻し、侑李は上條の熱が欲しくて仕方なくなった。

「お願い、もう……もう挿れて……」

自分から懇願したのは、初めてだった。

きっと今日の自分は、どこかおかしいのだ。

二人で買い物に行き、食事をし、恋人同士のようにインテリアの配置を決めて、決して寂しい思いを上條にさせないと心に誓ったから……だから侑李は、いつもより大胆になっていた。

「いいぜ、侑李。今日は上に乗れるか？」

「う、うん……」

これまで何度か騎乗位は経験がある。

侑李は上條と身体の位置を入れ替えると、彼の腰の上に跨《また》がった。

「あ……」

硬く勃起した長大な熱が双丘に挟まり、その熱さにごくりと喉が鳴る。

自分の愛液で濡れたビキニを両脚から抜き取ると、それを床の上に落とした。

そうして自らの手で後孔を拡《ひろ》げると、侑李は上條の上にゆっくりと腰を下ろす。

「あぁ……」

長く太い雄に体内を満たされて、心の底から満足した声が出た。

「いやらしい表情しやがって。本当にお前は綺麗だな……」

どこか感心したように言われ、侑李は悪い気がしなかった。

なぜならば、それだけ上條は自分に夢中だという証拠だからだ。

ゆったりと腰を突き上げられて、侑李は訪れた愉悦の波に身体を委《ゆだ》ねた。

「んっ、んん……上條さ……っ」

大きな手で腰を固定され、快感から逃げることができなくなる。

それと同時に突き上げる速度はどんどん早くなり、愉悦の波は強さを増した。

「あぁ、あんっ、あぁ……あんっ！」

がくがくと揺れる身体は、どこもかしこも敏感になっていた。

「侑李、自分で乳首を弄れ。いやらしいお前がもっと見たい」

荒い呼吸で上條に命令され、侑李はおとなしく従ってしまう。

「もっと……もっと激しく弄るんだ。お前、オナニーしてる時も自分で乳首弄ってるだろう？　その時どうやって弄ってるか、俺に見せるんだ」

「なっ……！」

悦楽に吹っ飛んでいた羞恥が戻ってきて、侑李は顔を真っ赤にして上條を見下ろした。

自分が自慰に耽《ふけ》る時、乳首を弄っていることは誰にも言っていないのに、なぜ上條は知っているのだろう？

心の内が表情に表れてしまったのか。ニヤリと笑いながら上條は答えてくれた。

「鎌かけたけど、当たりだったな」

「鎌かけたって……あんっ」

抗議の声を上げようとした時だ。

上條はわざと肉槍《にくやり》の切っ先で、侑李の前立腺《ぜんりつせん》を刺激した。

「ほら、早く乳首を弄れよ。そんな優しい触り方じゃ、お前は満足できないだろう？」

「うっ……んん」

再開した腰の動きに、再び侑李の理性は吹き飛んでいく。

そうして上條に命令されるがまま、自慰の時にするように、乳首を摘まんで強めに捏《こ》ねた。

「へぇ……侑李はそうされるのが好きなのか」

「う……ん……感じ……ちゃう……」

「じゃあ、次からはそうやって摘まんで捏ねてやるよ」

「あぁ……んっ」

大きな手は侑李の肉茎を摑み、上下に激しく扱《しご》き出した。

その動きに合わせるように、侑李はいつの間にか自ら腰を振って、上條のペニスを後孔で搾り上げていた。

「アナルの締まりも最高だな……もう、いきそうだ……」

どこか苦しそうに片目を眇《すが》めると、上條はニヤリと口角を上げた。

その表情は、彼が絶頂へと昇り出したサインだと侑李は知っている。

もっと激しく腰を振ると、侑李は自分の乳首を弄りつつ、ともに高みへと駆け上がった。

「あぁ……んんーっ！」

「くっ……」

侑李が二度目の射精を迎えたのと、上條が体内で弾けたのはほぼ同時だった。

オーガズムで緊張した身体から力が抜け、そのまま上條の上にぱたりと倒れ込む。

すると上條は呼吸を整えながら、侑李の頭を優しく撫でてくれた。

「……本当に、侑李とのセックスは最高だなぁ……」

しみじみといった感じで呟いた上條に、侑李の胸はじんわりと嬉しくなる。

自分も上條とのセックスを、最高だと思っているからだ。

そうして互いの心音を聞きながら、身体の火照《ほて》りを冷ましていた時だった。

「あー……訊き忘れた……」

心底悔しそうな声が聞こえて、侑李は何事かと顔だけ上げた。

「どうしたんですか？」

問うと、上條がじーっと意味深にこちらを見つめてくる。

「——俺のカミさんになってくれるか、セックスの最中にお前に訊くの忘れた」

額に手を当て、バフンッと枕に頭を乗せると、上條は実に悔しそうに舌打ちをした。

「なんだ。そんなことですか」

平和な内容を聞いて、侑李は再び上條の胸に頭を預けた。

「なんだとはなんだ。これは俺の人生において大切な……」

「だから、大丈夫ですよ。今は仕事が楽しいからすぐには無理だけど……でも、ちゃんとカミさんになってあげますから」

さっきはあんなにも言葉にするのが恥ずかしかったのに、やはりセックスをして羞恥の箍《たが》が外れたのか？　侑李は約束の言葉をするりと言うことができた。

「……ほ、本当か？」

頭を上げ、こちらを見つめる上條に、侑李はしかつめらしい顔でハッキリと言いきった。

「男に二言はありません」

「マジか。すっげぇ嬉しい！」

「……えっ？　っていうか……上條さん？　なんか……また大きくなってませんか？」

まだ体内にいる彼の肉槍が再び力を漲らせ、ムクムクと嵩《かさ》を増していった。

「感動しすぎてめちゃくちゃ欲情した。侑李、もう一回やるぞ」

「はぁ？　ちょっと……もう、無理っ……あんっ！」

尻たぶを摑まれて腰を突き上げられて、侑李は甘い声が漏れてしまう。

「だめだめ！　明日は仕事があるから……あぁんっ」

必死に抵抗したものの、身体の位置を入れ替えられて、ベッドに押し倒された侑李は、その後二回も射精することとなったのだった。


「よし！」

自宅玄関の姿見で全身をチェックし、侑李は大きく頷いた。

季節はすっかり夏になり、ＳＧＩＰＡが入る庁舎でもクールビズが推奨されるようになった。

侑李は鹿の子素材のポロシャツにアンクル丈のパンツを穿くと、革靴に足を通して鞄を掴んだ。

「あ、侑李。一緒に車に乗ってくか？」

玄関扉のカギを閉めていると隣の部屋から上条が出てきて、挨拶《あいさつ》もなく呼びかける。

「その誘いを僕が断るとでも？」

「お前、最近いい性格になってきたよな」

「僕はもとからこういう性格です。ただ上条さんに意地を張らなくなっただけ」

つい一時間前まで侑李の部屋に滞在し、朝の登庁準備のため自宅に戻っていた上条は、整えたばかりの侑李の髪をくしゃくしゃと撫でた。

「ちょ……何すんですか！」

「お前はワックスで髪の毛弄るより、素のまんまの方が可愛いよ」

「男は可愛くっても、なんの得にもならないんです！　あ、でも榊さんはあの可愛いキャラですっごく得してるような？」

「榊さんレベルのキャラを目指すんなら、お前も相当頑張んないとな」

「目指しませんよ！　っていうか、鞄を取り上げないで！　返してください」

「カミさんに、こんな重たいもん持たせらんねぇよ」

「僕はまだ、あなたのカミさんじゃありません！」

二人でいつものようにギャアギャア言い合いながら、エレベーターに乗り込んだ。

そうして地下駐車場に着くと、上條の愛車のＢＭＷ－Ｚ４に乗り込む。

霞が関へ向かう車は、今日も快調に街を走り抜けた。

夏の眩しい日差しを受けて、侑李は窓越しに目を眇める。


今日も、救いを求めるセンチネルやガイドがこの国に大勢いる。

そして彼らを助けるために、我々ＳＧＩＰＡはあるのだ。

自分はまだまだ未熟かもしれないけれど、できることは精いっぱいやろうと心に決めながら、侑李は運転席に座る頼れる恋人を見つめ、そっと微笑んだのだった。

おわり

あとがき

こんにちは！　柚月美慧です。この度は『特殊能力ラヴァーズ～ガイドはセンチネルの番～』をお手に取ってくださり、誠にありがとうございます。センチネルバースとはなんぞや？　と思われる方にも楽しく読んでいただけるよう、工夫して書いた作品です。センチネルバースは概念がとても広いので、自由に楽しく書かせていただきました。これからはオメガバースだけでなく、センチネルバースも増えることを楽しみにしています！

また、イラストを担当してくださったミドリノエバ先生、本当にありがとうございました。かっこいいセンスが光る最高のイラストを拝見して、ずっと興奮が止まりませんでした！

担当様はじめ、この本が書店に並ぶまでご尽力くださった方々に感謝申し上げます。また最後になりましたが、『特殊能力ラヴァーズ～ガイドはセンチネルの番～』をお手に取ってくださった皆様に、最大級のありがとうございます♡　を！

またどこかでお会いできるのを楽しみにしつつ、精進してまいりたいと思います。

シトラスアイスティーが美味しい季節に　柚月 美慧

ラルーナ文庫

この本を読んでのご意見・ご感想・ファンレターなどお待ちしております。〒111-0036 東京都台東区松が谷1－4－6－303 株式会社シーラボ「ラルーナ文庫編集部」気付でお送りください。

本作品は書き下ろしです。

特殊能力《とくしゅのうりょく》ラヴァーズ
～ガイドはセンチネルの番《つがい》～

2020年10月7日 第1刷発行

著　　者｜柚月《ゆづき》 美慧《みさと》

装丁・DTP｜萩原 七唱

発 行 人｜曺 仁警

発 行 所｜株式会社 シーラボ
〒111-0036 東京都台東区松が谷 1-4-6-303
電話 03-5830-3474／FAX 03-5830-3574
http://lalunabunko.com

発 売 元｜株式会社 三交社（共同出版社・流通責任出版社）
〒110-0016 東京都台東区台東 4-20-9 大仙柴田ビル 2 階
電話 03-5826-4424／FAX 03-5826-4425

印 刷・製 本｜中央精版印刷株式会社

 ISBN978-4-8155-3245-1